岩 波 文 庫
32-709-7

魔 法 の 庭
空を見上げる部族
他十四篇

カルヴィーノ作
和田忠彦訳

目次

街に吹く風

はじめはそれが何なのか、わからなかった。平坦な道をゆく人々の歩みがのぼったり降りたりするようで、唇や鼻孔が魚のえらみたいに動くようで、そのうえ家々やその扉が逃げ出し、道の突き当たりはさらに鋭さを増すようだった。それが、風のしわざだと知ったのは、しばらくあとになってからのことだった。

トリノは、風とは縁のない街だ。街の通りは、静止する空気の永久に枯渇してしまった水路だ。それはサイレンの音を想起させる。静止する空気は、氷のガラスみたいな冷たさか、柔らかな熱気のあたたかさのどちらかだ。それをかすかに揺らすのは、路面電車の振動だけだ。何か月ものあいだ、風のことなんかすっかり忘れてしまっている。ただ、どこか物足りなさを感じるだけだ。

けれど、ある日、街路の一角からふわりと生まれた一陣の風に出遭いさえすれば、ぼくはもうたちまちのうちに故郷——風に満ちた故郷——のことを思い出す。ぼくの故郷は海沿いに広がり、家々は丘陵や谷間に建ち、街の真ん中で上へ下へと風が吹き、道は段になったり砂利が敷かれたりしている。そして小路から見上げると、風が吹く青い空の裂け目がある。そしてぼくの家では、椰子の木が窓に枝垂《しだ》れ、ブラインドがぱたぱたと窓にぶつかって音を立てている。そして丘のてっぺんで父さんが叫ぶのが聞こえてくる。

かく言うぼくはといえば、風男とでもいうか、歩けば摩擦とはずみが欲しくなり、しゃべっていれば、突然空気をかむように叫びだしたくなる。街のどこかで風が生まれ、目に見えない炎の舌となって街の隅々まで拡がっていくとき、街がまるで本のようにぼくの眼前に開かれていく。そして通りゆく人々がみな知り合いに思えてきて、女の子たちや自転車をこぐ人たちに向かって「おーい！」と呼びかけたくなり、大きく手を振りながら大声で叫ぶところを想像しはじめる。

そんなときには、家でじっとしてなんていられない。ぼくは貸しアパートの五階に部屋を借りて住んでいる。窓の下では、路面電車が昼夜の別なく、ごとごと大きな音をたてながら狭い線路を走っていて、ぼくの部屋に突進してくるんじゃないかと思ってしまう。夜遅くに遠くを走る路面電車はまるでフクロウみたいな鳴き声をあげる。家主の娘は、まるまる太っていて、おまけに癇癪持ちの会社員だ。ある日なんかそら豆ののったお皿を廊下に叩きつけ、大声で怒鳴りながら部屋にこもってしまった。

中庭に面したところに、トイレがある。狭い廊下のずっと奥にあるから、まるで洞窟みたいで、壁は苔むして緑色になり、ひどくじめじめしている。きっといつか鍾乳洞ができるだろう。鉄格子をのぞけば、中庭はトリノの典型的な中庭のひとつといえる。つまり、はがれかけのニスで塗り固められ、バルコニーに面した鉄製の欄干が備え付けられているのだが、そこに寄り掛かればきまって錆が体についてしまう。トイレの個室がいくつも積み重なって塔のかたちになっている。トイレの壁はカビでふやけて、床板はじめじめ湿っている。

それから、海面よりかなり高いところにある、椰子の木に囲まれた故郷の家のことを考える。ぼくの家は、ほかの家とはずいぶん違っている。まずはじめに思い出せる相違点はといえば、トイレの数だ。ぼくの家にはありとあらゆる型のトイレがあった。白いタイルを敷きつめたぴかぴかの浴室に、あるいは薄暗い個室に、トルコ風便器や、蒼い唐草模様が施されたイギリスの旧式便器が備え付けられていた。

そんなことを頭に浮かべながら、ぼくは街に出掛けて、風を胸いっぱいに吸い込む。そこで、ばったり知り合いの女の子に出遭う。アーダ・イーダだ。

「最高だね、風が吹いてる！」とぼくは言う。

「風なんか、いらいらするからきらい」と彼女は言う。「ねえ付き合ってくれないかな、ちょっとそこまで」

アーダ・イーダは、誰かに出遭うと、たとえその相手とほとんど面識がなくったって、すぐに自分の生活のことや考えを語りはじめるタイプの女の子だ。そうした女の子たちは他人に秘密なんか持たないし、他人もまたそんな子たちに秘密なんか持たない。内緒ごとにしたって、言葉にしてしまうのだが、その言葉というのも、ふだんの何気ない言葉で、いとも容易に口をついて出てくる。まるで考えが頭の中ではじめから完璧に言葉として組み立てられているみたいだ。

「風なんかうっとうしいだけ」と彼女は言う。「風の日は家に閉じこもって靴を脱ぎ捨ててはだしで部屋のなかを歩きまわるの。それからアメリカの友だちがくれたウィスキーのボトルを取り出してきて飲むの。でもひとりだとまったく酔わないのよね。で、ふっと泣きだしてしまって、それから、泣きやんで。今週はあちこち歩きまわったんだけど、とうとうなんの仕事にもありつけなかったんだ」

ぼくはどうしていいか分からなくなってしまう。アーダ・イーダは、女も男もふくめたあらゆる人たちを等しく、誰でも信用することができるし、みんなに向けて発する言葉を見つけることもできるし、他人事に首を突っ込むし、他人が自分のことに首を突っ込んでくることもとくに厭《いと》わない。ぼくは言う、「ぼくはアパートの五階の部屋に住んでいて、近くを走る路面電車はフクロウの鳴き声みたいな音を立てる。トイレはカビが生えて緑色になってるし、苔も生えて、鍾乳洞みたいになってる。おまけに冬にはもやがかかるんだ、沼地じゃあるまいし。人の性格って、トイレによって形成されるんじゃないかな、だって毎日あんな狭いところに入るわけだしさ。会社から帰ると、じめじめして苔の生えたトイレが待ってるんだ。そしてそれから、廊下でそら豆の入ったお皿が割れて、部屋に閉じこもって叫ぶ声が聞こえるのさ」

ぼくの言ったことはいささか抽象的すぎるし、頭の中で考えていたことをそのまま口にしたわけでもない。間違いなくアーダ・イーダには理解できないだろう。でも、ぼくにとって考えを言葉にして発するということは、ある種の溝を越えなくてはいけないことなのであって、それゆえに誤解されがちなのだ。

「わたしは毎日トイレ掃除をするわ、家中のどこよりも念入りにね」と彼女は言う。「床も拭くし、なにもかもぴかぴかに磨くんだ。小窓に掛ける真っ白できれいな刺繍入りのカーテンも毎週取り替えるし、一年ごとに壁のペンキも塗り直す。もしもある日、トイレ掃除をしちゃいけないなんてことになったら、不吉のしるしだと思って、わたしなら絶望のどん底まで落っこちちゃうと思う。うちのトイレは小さくて薄暗いけど、わたしにとっては教会みたいなものなの。フィアットに乗るようなお金持ちはどんなトイレを使ってるんだろう。ねえ、もうちょっと付き合ってよ、路面電車のところまで」

アーダ・イーダの驚くべき点といえば、彼女が人の言ったことをなんでも受け入れることだ。彼女は何を聞いても驚かないし、人がはじめた話題でも、まるで自分から切りだしたかのごとく話をつづけていく。そして、ぼくに路面電車の停留所までついてきてとせがむ。

「わかったよ、付き合うよ」とぼくは言う。「ところで、フィアット乗りの話だけど、柱とカーテンと絨毯《じゅうたん》を備え付けたホールみたいに大きなトイレを造らせるんだ。左右の壁には金魚鉢まで置いてね。四方には巨大な鏡をはりめぐらせて、自分の姿が何千も反射して映るんだ。便座には肘掛と背もたれがついてて、王座みたいに高くなってるんだよ。天蓋までついてる。水のしずくがこのうえなく甘美なオルゴールの音色を奏でる。でもね、その人は肝心の用を足すことができない。だってさ、絨毯と金魚鉢に囲まれて、窮屈な気分になるんだから。王座みたいに高い便座に腰掛けているあいだ、鏡には自分の姿が何千も反射して映ってるんだから。それでフィアット乗りは、地面に穴を開けただけで、壁には新聞記事の切り抜きが鋲で留めてあった子供のころのトイレを思い出して悔やむんだ。それで死んでしまうというわけ。何か月間も用が足せなくて、腸疾患に罹ってしまう」

「そうだね」アーダ・イータは同意して言う。「きっとそうよ。ほかにもそういうお話ある？　あ、電車が来た。あなたも一緒に乗って、もっとお話聞かせて」

「電車に乗って、それで次はどこに行くの？」

「また電車よ。いや？」

ぼくらは電車に乗り込む。「お話なんてできないよ」とぼくは言う。「だって、溝があるんだから。ぼくと皆のあいだには底がまったく見えない真っ暗な深淵がぱっくりと口を開けて横たわっている。そこでは腕を振り回したって何もつかめないし、大声で叫んでもその声は誰にも届かない。絶対の孤独だ」

「そういうとき、わたしは歌うの。――アーダ・イーダは言う――心のなかで歌うの。誰かと話してて、ある時ふと、ずっと歩いてたのに川岸に出ちゃって行き止まりになっちゃったみたいに、これ以上うまく話をつづけられそうにないな、考えてたこともどこかに隠れちゃったみたいだなって気づいたときにはね、わたしは心のなかで歌うことにしてるんだ。その時に言ったり聞いたりした言葉をありきたりのメロディーにのせてね。ほかに思い浮かぶ言葉は、これもまた同じメロディーにのせて歌うんだけど、わたしの考えを言葉にしたものなのよ。そんなふうにわたしは言葉にしているの」

「ちょっとやってみてよ」

「そんなふうにわたしは言葉にするの。この前なんか、道で男の人がわたしに近づいてきたと思ったら、わたしを売春婦だと思い込んでたの」

「でも、きみ歌わないじゃないか」

「心のなかで歌うのよ、それから言葉で言い換えるの。じゃなきゃ通じないでしょ。さっきの男のときもね、わたし三年前からキャラメル食べてないんです、だなんて言っちゃって。その人キャラメル一袋買ってくれたんだけど、今度こそ本当にわたし何を言ったらいいかわかんなくなって。結局意味のない言葉をもごもごとつぶやいて、キャラメルの袋だけ持って逃げてきちゃった」

「ぼくは、何かを口に出して言うのは絶対うまくいかないだろうな」とぼくは言う。

「その代わり、書くよ、ぼくは」

「だったら乞食の手口でいいんじゃない」とアーダ・イーダは、停留所のところにいる乞食を指してぼくに言う。

トリノはインドの聖都みたいに乞食であふれている。乞食たちのあいだにも、流行らしきものはある。それは物を乞う方法だ。誰かがやりはじめると、みんなが真似をする。しばらく前から連中のあいだでは、歩道に、自分たちのお話を、色付きのチョークで大きな文字で書くことが流行《はや》っている。これはなかなかよく出来たシステムだ。通りがかる人々の興味を引くし、読んだあとはお金を恵まずにいられなくなる。

「そうだね」とぼくは言う。「ぼくも自分の話をチョークで歩道に書くべきなのかもしれない。そして近くに座って、人々がなんて言うか聞くべきなのかもしれない。少なくとも彼らの顔をのぞきこんでみる必要はあるだろうね。でも実際のところ、ぼくの書いたことなんて誰の目にも留まらないし、そのうち踏み消されてしまうだろう」

「あなたなら歩道に何を書く？　もし乞食だったら」とアーダ・イーダは訊ねる。

「そうだなあ、ぜんぶ活字体で、こんな感じに書くかなあ。ぼくは口で話すのが苦手なので文字で書きます、みなさんその点お許しください。以前、ある雑誌にぼくの書いたものが載りました。その雑誌は早朝に出るので、主に出勤中の労働者によって購入されます。その朝、ぼくは早くから路面電車に乗り込んで、人々がぼくの書いたものを読んでいるのを眺めました。彼らの顔をのぞきこんで、彼らの視線がどの行を追っているのか突き止めようとしていました。自分が書いたものならどんなものでも、誤解されるのではないかという不安から、もしくは恥ずかしさから、必ず後悔している箇所があるものです。その朝ぼくは人々の表情を窺っていましたが、皆の視線がその問題の箇所にさしかかったとき、ぼくはこう言いたい心持ちでした。『みなさん、うまく説明できていないと思われるかもしれませんが、それは意図的なのです。』でもぼくは結局黙ったまま、ただ顔を赤らめるばかりでした」

ぼくが話しているあいだに、ぼくらは停留所で路面電車を降りて、アーダ・イーダは次の電車を待っている。ぼくはもはやどの電車に乗ればいいのかわからなくて、彼女と待つことにする。

「わたしだったらね」とアーダ・イーダは言う。「青と黄色のチョークでこう書くんだ。いいですか皆さん、世の中にはおしっこを漏らすことが最大の喜びであるという人たちがいるのです。詩人のダヌンツィオもこの種の人間であったそうです。わたしはこれを信じます。あなた方は、こういったことについて、毎日考えなくてはいけません。そしてわたしたちが皆同じ人種であることも忘れてはなりません。お高くとまっていてはいけません。それからこんな例もあります。わたしの叔母に猫の体をした子供が生まれました。わたしたちはこのようなことが起こることについて考えなければなりません。決して忘れてはいけないのです。そして、このトリノには、歩道の上で、冷たいワイン貯蔵庫の格子窓の上で眠る人たちがいるのです。わたしは彼らをこの目でしっかり見ました。あなた方は、毎晩、お祈りの言葉を唱えるかわりに、こうしたことを考えなくてはいけません。日中だって、彼らのことをしっかり心に留めておくのです。あまり頭の中で計画を立てないようにするべきです、そうすれば偽善的な行動を避けやすくなります。

こんなふうに書くよ。この電車も一緒に乗ってくれたら、嬉しいな」

ぼくはひきつづきアーダ・イーダと一緒に電車に乗る。理由なんてもう知ったことじゃない。電車は貧民街の長い道路を走る。電車に乗った人々の表情は暗くて、しわが刻まれており、皆が同じ白粉を顔に塗っているみたいだ。

アーダ・イーダは夢中になって人々を観察している。「ねえ見て、あの人チック症だね、顔が痙攣してるよ。見て、あのおばあさんどうやって白粉塗ったのかしら」

これはぼくにとってはとても苦痛で、まったく耐えがたい。「もういいだろ、もういいだろ」とぼくは言う。「現実にあるものはすべて合理的なんだよ」と言いつつも、心の底でぼくは納得してはいなかった。

ぼく自身も、現実的で合理的だと思っていた。受け入れないぼく、計画を立てないぼく、何もかも変えてしまうぼく。だが何もかもを変えてしまうには、そこから、つまりチック症の男から、白粉を塗りたくった老婆から出発しなくてはいけない。計画などからは何も生まれない。

「着いたよ」とアーダ・イーダが言い、ぼくらは降りる。「ほんのそこまでだからついて来て。いいでしょ?」

「現実にあるものはすべて合理的なんだよ、アーダ・イーダ」とぼくは言う。「またほかの電車に乗るのかい?」

「ううん、この道を曲がったとこが家だから」

ぼくらは街の外れまで歩いた。鋼鉄の建物たちが肩を並べてそびえ立っていた。風が舞い上がり、切れぎれになった煙が、煙突の避雷針に絡みつくように立ち昇っていた。そして草花に囲まれた川が流れていた。ドーラ川だ。

何年か前、ある風の吹く晩に、ぼくはドーラ川に沿って、女の子の頬に齧《かじ》りつくようにして歩いたことを思い出した。彼女の髪は長くて、ときどきぼくの歯のあいだに挟まってしまう始末だった。

「そういえばね」とぼくは言う。「あるとき、ぼくは女の子の頬を齧ってたんだ、ここで、風のある晩にさ。そして、髪の毛を吐き出してね。とっても素敵な話なんだ」

「ほーら」とアーダ・イーダ。「着いたよ」

「とても素敵な話でね」とぼく。「話すとちょっと長いんだけど」

「でももう着いちゃったから」とアーダ・イーダ。「彼もきっともう家にいるだろうし」

「彼?」

「わたし、川で働いている人と一緒に住んでるのよ。魚釣りがもう大好きでね、家のなかが釣糸やら擬餌針やらであふれかえってるんだ」

「現実にあるものはすべて合理的なんだ。素晴らしい話だったのにな。帰りの電車を教えてよ」

「22番線、17番線、16番線。毎週日曜日にサンゴーネ川に一緒に行くの。この前なんか、こんなおおきなマスを釣ったんだから」

「いま心のなかで歌ってる?」

「ううん。なんで?」

「訊いてみただけ。22番線、27番線、13番線だっけ?」

「22、17、16だよ。その魚を彼が自分で揚げたいんだって。ほら、においがするわ。あの人が揚げてるんだ」

「油は?　配給ので足りるの?　26、17、16だね」

「友達と交換で使ってるんだから。22、17だってば」

「22、17、11、だね?」

「ちがうってば。もういい。8、15、41だから」

「それだ、やっぱり忘れるな。すべては理にかなっている。またね、アーダ・イーダ」

風の吹くなか家に着いたのは一時間後だ。路面電車をことごとく間違えて運転手と路面電車の番号について言い争った。家に入ると廊下に散らばるそら豆と割れた食器が目に入る。あの太った会社勤めの女が部屋に鍵をかけて閉じこもっていて、叫び声を上げる。


(Vento in una città, 1946)

愛——故郷を遠く離れて

列車は時に海沿いの線路を走り、旅立つぼくはそれに乗っている。こんな眠たくなるだけの菜園だらけの故郷にとどまる気はないし、山育ちの少年みたいに橋の欄干に腰掛けてよそ者の車のナンバー・プレートの解読にふけるなんてごめんだからだ。ぼくは出て行く、さよなら、故郷。

世界には、故郷以外に、ほかの町だってある。そのうちのいくつかは海の町で、そのほかの町は平野の奥に紛れてよくわからないけれど、田舎町を一つひとつ、ふうふうめぐったあげく、どこからか到着する列車の側にある。ぼくは時折そんな町のひとつに降り立つ。未熟な旅行者といった様子で、ポケットに新聞を詰め込み、埃でひりひり痛む目をして。

夜、慣れないベッドに入って路面電車の音に耳を澄ませ、それから故郷の自分の部屋に思いを馳せると、夜のなかだととても遠く感じられて、こんなにも遠い二つの場所が同じ瞬間になど存在しえない気がする。そうしていつの間にか眠りに落ちる。

朝になると、窓の外は発見に満ちている。ジェノヴァなら、上り下りする路、下町と山の手の家々、そのあいだを吹き抜ける風。トリノなら、テラスの手すりから身を乗りだしても終わりの見えないまっすぐな路、白っぽい空の向こうに吸い込まれる路の両脇の並木。ミラノなら、霧にくるまれた芝生の上で背中合わせに建ち並ぶ家々。ほかにだって町はあるし、そこにはまた違う発見があるにちがいない。いつかそんな町も見にいこう。

けれど部屋はどの町にいっても同じで、まるでぼくの到着を知った途端《マダム》たちが町から町へ、部屋を転送しているみたいだった。こうして整理だんすの大理石の上の髭剃り道具も、まるで着いてから見つけたかのようで、ぼくが置いたものとは思われず、そこにあるのが当然といった風情で、とても自分のものとは思えなかった。まったく似たり寄ったりの部屋にいくつも住んだあとも、何年でも同じ部屋に住んでも構わない、自分の部屋と実感したり、自分のしるしを残すことができなくったって。実際、いつでも再出発できるようにスーツケースが整えてあるのは、イタリアのどの町もしっくりとはこなくて、どの町でも仕事は見つからず、どの町での求職活動にも満足できないからだ。何しろいつだって、いつか働きに行ってみたいと思うようなもっといい町が別にあるのだから。そういうわけで持ち物はいつでもスーツケースから出したままのかたちで引き出しに収められ、またいつだってしまえる用意ができている。

何日か、何週かが経つと、部屋には女の子がやって来るようになる。それはいつも同じ女の子と言ってもかまわないだろう。そもそもその女の子も別の子同様、馴染めるはずのない他人なわけで、お決まりの質問を通じて接触する相手なのだから。いくらかの時間を過ごし、一緒にあれこれやってみる手間は要るけれど、そうすれば相手の考え方について一度で理解に達することができる。すると互いにたくさん発見をする時期、恋愛における真の、そしておそらく唯一の燃え上がる時期が訪れる。これからこの子とさらに時間を過ごし、さらに多くのことをすると、勘づいてくるのだ、ほかの女の子たちもこうだったこと、ぼくもそうだということ、ぼくらは皆こうなのだということ、すると相手の動作がどれも何千もの合わせ鏡によって反復されるように感じてきて、うんざりしてしまう。さよなら、きみ。

最初に女の子――マリアミレッラとしようか――が会いに来るときは、午後じゅうほとんど何も手がつかない。本を読んでも文字は図形のようで、気づけば二〇ページもやり過ごしているし、文章を書こうとしてもちょこまかした模様を余白に書き込むばかり。

模様はまとまるとゾウの絵になり、そのゾウに陰影をつけ、それが最後にマンモスになる。そこでそのマンモスに怒りをおぼえ、それを破り捨てる。毎度毎度こんな子どもじみたことがあり得るだろうか、マンモスだって?

マンモスを破いたとたん、呼び鈴が鳴る。マリアミレッラだ。ぼくは玄関を開けに走らなければならない、マダムがお手洗いの鉄格子窓から顔を出してどなる前にだ。マリアミレッラが驚いて逃げ帰ってしまうかもしれないから。

マダムはいつか強盗に絞殺されることだろう。そうなる運命で、どうしようもないのだ。彼女はそうはなるまいと、呼び鈴が鳴っても開けずに、トイレの鉄格子窓から訊ねてくる、土地の言葉で、「どちらさんだね?」と。だがそんな対策も虚しく、植字工は既に見出しをひろい終わっている。〝マンション貸主アデライデ・ブラゲッティ、不審者に絞殺される〟。かれらは組版のゴー・サインを待っているのだ。

マリアミレッラはそこに、薄明かりのなかにいる。ポンポンつきのセーラー・ハットをかぶり、ハート形の口をして。ドアを開けると、家に入ってぼくに何を話すか、彼女はもうすっかり準備ができている、何の話題でもいい、暗い廊下を通って彼女を部屋まで案内するあいだ、途切れずに話せればそれでいい。

長い話になるのかな、何を話せばよいかわからなくなって、部屋の中で沈黙してしまわないように。部屋には足場一つなく、わびしく絶望的だった。ベッドの鉄製のヘッドボード、小さな書棚に置かれた、あまり聞かない本の題。

「窓の外を見においでよ、マリアミレッラ」

窓は大きなもので、バルコニーはないのだけれど胸までの高さの欄干つきで、床から二段の高さにしてはずいぶん上ったように感じられる。外には、赤茶けた屋根瓦の海。周囲の見渡すかぎりの屋根や、急に煙のすじを吐き出すずんぐりした煙突や、誰も顔を出せない軒蛇腹の上に設けられた不条理な手すりや、からっぽの囲い地の仕切り壁を、傷んだ家々の頂きからぼくらは眺めた。ぼくは彼女の肩に片方の手をのせた。手はまるで膨れ上がって自分のものとは感じられず、まるでぼくらは水の層ごしに触れ合っているみたいだった。

「よく見た？」

「じゅうぶんね」

「降りようか」

そこから降りて窓を閉める。ぼくらは水中で、不定形な感覚で探りあっている。部屋中をマンモスが、人類古来の恐怖が歩き回っている。

「話して」

ぼくは彼女のセーラー・ハットを取り、ベッドに飛ばした。

「ううん。それにもう帰る」

彼女が帽子をかぶり直せば、ぼくはそれを取って、すばやく空中に放り投げる、そしてぼくらは追いかけあい、歯をくいしばってふざける、愛だ、互いの相手への愛、互いの肩を、引っ掻き嚙み付き、また殴り合いたい欲求、そして疲れきったキス。これが愛だ。

いまぼくらは向かい合って煙草を吸っている。煙草はぼくらの指にはかさばり、水中におかれた物体、まるで水に沈んだ大きな錨みたいだった。幸せじゃないか。

「どうしたの?」マリアミレッラがいった。

「マンモス」ぼくがいう。

「何ですって?」彼女がいう。

「シンボルだよ」ぼくがいう。

「何の?」彼女がいう。

「何のかはわからないけれど」ぼくはいう。「シンボルなんだ」

「いいかい」ぼくはいう。「ある晩、ぼくは女の子と川岸にすわってた」

「何て名前の?」

「川はポー川、女の子はエンリーカだけれど、どうして?」

「別に。前は誰と行ったのか知りたいなと思って」

「そう、ぼくらは草ぼうぼうの川岸にすわっていた。秋の夕方で、岸辺はもう暗くて、川面には男が二人、立って船を漕ぐ影が落ちていた。街に明かりが灯りはじめて、ぼくらは川の向こう岸にすわっていて、ぼくらにはいわゆる愛っていうあの、たがいを荒あらしく探ったり求めたりする、たがいのあの酸っぱい味、わかるだろ、愛があった。それとあの晩岸辺にあった黒い川の影のなかで、ぼくのなかには悲しみと孤独があった、はじまったばかりの愛への悲しみと孤独、かつての愛への悲しみと郷愁、未来の愛への悲しみと絶望が。ドン・ジョヴァンニ、悲しき英雄、過去の刑罰、かれのなかには悲しみと孤独、それしかなかった」

「わたしともそうだってわけ?」マリアミレッラがいう。

「じゃあきみが喋ったらどうだい、今度は。少し自分の知ってることでも言ったてみたら？」

ぼくは怒ってどなりだした。話をしていてどこかうわの空だと感じたら、かっとだってするだろう。

こういうものだ。女の人は愛について、間違った知識しか得ていない。あれこれと知識があってもどれも間違っている。そのわりに、きまって知識に信頼をおくのだ、経験ではなくて。だから、彼女たちの頭の中は間違いだらけだ。

「わたしはね、いい、わたしたち女の子は」彼女がいう。「男の人とはって、わたしたちが子どものころから、読んで、言い聞かされてきたことなの。それこそが何よりも重要で、全ての目的だってね。だけどね、わたしわかったの、それは達成なんてできないの、本当にそれにたどり着くなんて。もう何よりも大事なことなんかじゃないわ。そういうことがはじめから何ひとつなければ、考えなくてよければ、って思う。それなのにいつだって考えてしまう。たぶん何でも真の感覚に達するためには、母親になる必要があるのかもね。でなければ、娼婦に」

よし。これは素晴らしいな。誰もが自分だけの了見を秘めているのだ。彼女の秘密の了見に気づきさえすれば、彼女はもう他人じゃない。ぼくらは寄り添い寝そべっている、大きな犬のように、あるいは川の神々のように。

「ねえ」マリアミレッラがいう。「どうやらわたし、あなたのことが怖いみたい。だけどどこに慰めを求めたらいいかわからないの。未来は空っぽなの、あなたはいない。あなたはクマで、洞窟なの。だからこうしてあなたの腕にくるまってる。あなたは、あなたという恐怖からわたしを守ってくれるもの」

だが、女性にとってのほうがわかりやすい。命は彼女たちのなかを流れる。大きな川は、彼女たちのなかを、また継いでゆく娘たちのなかを流れてゆく、たしかで神秘的な造物主が彼女たちには宿っている。昔は母系社会だったから、人類の歴史は植物のそれのごとくわき出ていた。それから、雄バチの傲慢がはじまった。あいつらが叛乱を起こし、そして文明が興ったんだ。そう考えてはみるが、本気で思っているわけじゃない。

「一度、ある山の芝生の上で、ある女の子に男でいられなかったことがあった」ぼくがいう。「山はビニョーネ、彼女はアンジェラ・ピーアといった。そうだ、たしか茂みに囲まれたひろい草むらで、どの葉っぱの上にもコオロギが跳ねていた。あのコオロギの鳴き声ときたら、甲高くて、手がつけられなかった。なぜぼくがあのとき起き上がって、最終のロープウェイがもうすぐ出ると言ったのか、彼女にはそのときよくわかっていなかった。どうしてロープウェイで、あの山へ行ったのかがね。それから鉄塔を追い越していくうちに、内心淋しくなって、彼女は言った。『もうキスしてくれるころかしら』って。そう、それはぼくをとても安心させた」

「そんなこと、わたしに言わなくたって」マリアミレッラがいう。「もうクマも洞穴もないかもしれない。わたしには恐怖しか残りそうにない」

「いいかい。マリアミレッラ」ぼくがいう。「物事は思考と切り離すべきじゃない。それがぼくらの世代の災難だ。それはつまり、自分の思考が遂げられないってこと。あるいは、自分のしていたことを思考できないこと。そういうことさ。たとえば、何年も前にぼくは(年齢資格に達していなかったから、身分証明書を一部書き換えて)、ある売春宿の女のもとを訪れた。売春宿の名前はヴィア・カランドラ、女はデルナといった」

「何ですって?」

「デルナだよ。あのころは植民地領土があって、新しいことといえば、宿の女たちがデルナとかアドワ、ハラル、デシエなんて呼ばれていたことくらいだったのさ」

「デシエ?」

「デシエもいたと思うよ。きみ、デシエって名前になりたいかい? これからずっと」

「ごめんだわ」

「そうか。じゃあ、あのときの話にもどるよ、デルナの話に。ぼくは若くて、彼女は背が高く体毛が濃かった。ぼくは逃げだした。支払うべきものを払って逃げたんだ。階段の吹き抜けで娼婦たちが皆こっちを向いて、ぼくの背中で笑っていたような気がする。まあ、それは何でもない。実際、家に着いたとたんにあの女は観念だけの女になって、もう恐くはなくなった。すると彼女がほしくなって、死ぬほどほしくてたまらなくて……。これがつまり、ぼくらのなかで、思考したことと実際の物事がちがっているってことなんだ」

「そのことだけど」マリアミレッラがいう。「わたしはもう、ありそうなことは全部考えた。想像の中で何百もの人生を生きた。結婚したり、たくさん子どもをもったり、中絶したり、お金持ちと結婚したり、貧しい人と結婚したり、玉の輿に乗ったり、ホームレスになったり、バレリーナや尼僧や焼き栗屋に大女優、女代議士、赤十字の看護婦、女チャンピオンにね。生き方はいろいろたくさんだけど、細かいところまで決まってるの。しかもみんなハッピー・エンド。でも本物の人生には、そんなふうに想像どおりのことはけっして起こらない。だからわたしは空想がわいてくると、わっと思って、そんな考えを追い出そうとする。だって何かを夢見たってけっして起こりやしないんだもの」

かわいい子だ、マリアミレッラ。かわいい子というのはつまり、彼女はぼくの言う複雑なことを理解し、たちまち単純に変換するからだ。彼女にキスしたい、しかしよく考えると、彼女にキスすることは彼女の考えにキスすることともとれて、彼女はぼくの考えにキスをもらったと考えかねない、だからぼくは彼女にキスしないんだ。

「ぼくらの世代はものごとを取りもどす必要がある、マリアミレッラ」ぼくはいう。「思考と行動を同時に行う必要が。いや、ぼくらが考えずに行動しているってわけじゃないよ。ただ必要なのは、考えたことと実際の物事とのあいだに違いをなくすことさ。そうすればぼくらは幸せになるだろうね」

「どうしてそうなるの?」彼女がぼくに訊ねる。

「いいかい、誰にでもこうではないんだ」ぼくがいう。「ぼくは小さいころから、海上飛行くらいの高さの欄干に囲まれた、大きな屋敷に住んでいたんだ。それでぼくはその欄干のうしろで毎日を過ごす孤独な少年だった。だからどんなこともぼくにとっては奇妙なシンボルだった。束状の茎にぶら下がったナツメヤシの実の間隔や、ハシラサボテンの歪んだ腕枝、並木道の小石に刻まれたあやしいしるし。それから大人たちがいて、かれらは物事と、現実の物事と向き合うという務めを抱えていた。ぼくは新しいシンボルや、新しい意味づけを見いだすほかには、するべきことはなかった。ぼくはずっとそんなままで、いまだに物事ではなく意味づけの館のなかをめぐっていて、いつだって他人にしたがっている。つまり《おとな》に、物事を動かす人々にね。その一方で、子どものころから旋盤作業に従事してきた人がいる。あのものを作るための道具でね。旋盤はそれが作りだすもの以外の意味をもちえない。ぼくは機械を目にすると、それが魔法の城みたいに思えて、生意気な小人たちが歯車のあいだでうろちょろしているのを想像するんだけど。旋盤か、旋盤っていったい何なのだろう。旋盤ってどんなものか知っているかい、マリアミレッラ？」

「旋盤は、ちょっとわからないわ、今は」彼女がいう。

「すごく重要なもののはずなんだ、旋盤は。銃の使い方を教える代わりに、すべての人に旋盤の使い方を教えるべきかもしれないくらいに。銃はやはりシンボリックな物体だよ、実際的な目的はもたない」

「わたしには興味ないけど、旋盤なんて」彼女がいう。

「いいかい、きみには簡単さ。きみはものを繕うためのミシンや、ぼくも知ってる、針を持ってるだろう、ガスレンジに、タイプライターも。きみには自分を解放すべきところの夢物語はほとんどない。ぼくにはすべての物事がシンボルなんだ。とはいえ確かなのは、ぼくらが物事を取りもどすべきだってこと」

彼女を撫でながら先へと進む、少しずつ。

「ねえ、ものなの、わたしは?」彼女がいう。

「うむっ」ぼくがいう。

彼女の肩に小さなえくぼを見つけた。柔らかで、骨張ってはいない、頰にあるようなえくぼだった。そのえくぼに唇をつけて話す。

「ほっぺたみたいな肩だね」ぼくがいう。彼女にはまったく意味がわからない。

「どういうこと?」彼女が訊ねる。だがぼくのいうことなど彼女は気にしない。

「六月のような疾走」ぼくがいう、えくぼから口を離さずに。彼女はぼくのしていることが理解できないが、うれしそうに笑う。かわいい子だ。

「到着としての海」ぼくはそういうと、えくぼから口を離してそこへ耳をつけ、こだまに耳を澄ます。聞こえるのはただ彼女の呼吸と、とおくに埋もれた、心音だけだった。

「列車としての心」ぼくがいう。

こういうことだ。マリアミレッラはもう観念としてのマリアミレッラと現実のマリアミレッラではなく、マリアミレッラそのものなんだ！　それにいまぼくらがしていることとは観念としての物事と現実の物事じゃない。屋根の上や、故郷のわが家の窓から見える椰子の木のようにそそり立つ家の上を飛行する。一陣のつよい風がぼくらのいる最上階をさらって、かなたの空へ、赤茶けた屋根瓦の連なりのほうへと運んでゆく。

故郷の村の海辺では、ぼくに気づいた海が大きな犬みたいにはしゃいでいる。海、巨大な友人、小さな白い手をして砂利をあらく磨き削り、防波堤の控え壁を飛び越え、白い腹に羽を生やして、山々をも飛び越してゆく。ほらいまも巨大な犬は、はしゃいでやってくる。渦巻きが白い前足みたいだ。コオロギたちは鳴き止み、平地はどこも彼処《かしこ》も耕され、田圃《たんぼ》やブドウ畑に、いまは農夫がひとり、三叉の熊手をふりかざして叫んでいる。ほら、海が消えてゆく、大地に飲み込まれたみたいに。さよなら、海。

でかけるとき、マリアミレッラとぼくは息をきらして一目散に階段を駆け下りる。マダムが鉄格子窓から顔を出し、ぼくらの表情からすべてを読み取る前に。

（Amore, lontano da casa, 1946）

菓子泥棒

〈ヤリテ〉が約束の場所にやってきてみると、ほかの仲間はもうしばらく前からかれを待ちうけていた。ふたりともそろっていた。〈ボウヤ〉も、〈イ・イマダ〉も。あたりは静まりかえっていて、通りにいても家々の時計の音が聞こえた。二時だ、日の出を拝むまえに急いで仕事を片づけてしまわなければ。

「出かけるとするか」ヤリテがいった。

「どこだい?」ふたりが訊ねた。

ヤリテはこれからしでかそうという仕事についてはいつも何も説明しない男だ。

「そこへいまからいくのさ」これが答えだった。

そして黙ったまま、干上がった川のようにからっぽの通りを歩いていった。月が路面電車の線路にそってかれらを追いかけていた。先を行くヤリテは、生気のない目をたえずあたりに抜かりなくめぐらせながら、周囲から漂ってくるにおいをたしかめるようにして鼻の穴をひくひくさせていた。

ボウヤがそう呼ばれているのは、生まれたての赤ん坊なみの大きなあたまとずんぐりした体つきのせいだった。それに短く刈った髪の毛と黒い口ひげのあるかわいらしい顔立ちのせいもあったかもしれない。全身筋肉のかたまりで身のこなしは猫のようにしなやかだった。壁をよじ登ることと小さく丸まることにかけてかれの右に出るものはいなかった。だからヤリテがかれを連れていくときは、必ずそれなりの理由があった。

「いい仕事なんだろう、ヤリテ?」ボウヤが訊ねた。

「うまくいけばな」ヤリテは応えた。何もいいたくないときはきまってそう答えるのだ。

だがそうしながらもヤリテは、自分しか知らない裏道をぬけて、無事みんなをある中庭まで連れてきていた。ほかのふたりは店裏の仕事だなと察した。イ・イマダのほうが一歩前に出たのは見張り役をしたくなかったからだった。見張りに立つのはイ・イマダときまっていた。かれの夢は、ほかの仲間がやるように、そこらの家に押し入って、あたりかまわずひっかきまわし、お宝をポケットいっぱいねじこむことだった。それなのにいつだってまわってくるのは、吹きっさらしの通りで、いつ夜警に見つかるかもしれないなかで、凍りつかないように歯をがちがちいわせながら、さりげなく煙草をふかしているという役回りだった。イ・イマダは混血特有のもの悲しげな顔をした痩せっぽちのシチリア男で、いつも袖口からやけに長い手首がはみでていた。仕事があるときは、なぜだかきまってすっかりよそいきの格好をする。帽子にネクタイ、レインコートといういでたちで、それでいざという時には、両手でレインコートのすそをつかんで逃げだすものだから、まるで羽根でもひろげようとしているみたいにみえる。

「見張りだ、イ・イマダ」鼻をひくつかせながら、ヤリテがいった。イ・イマダはすごすごとひきさがった。ヤリテの鼻のひくひくがそのままどんどんせわしなくなってきて、ふとそれがやんだときには、ピストルの出番だということをもう承知していたからだ。

「あそこだ」ヤリテがボウヤにいった。高いところに小さな窓がひとつ、爆弾でやられたガラスの代わりにボール紙がはってあった。

「あそこまでのぼっていって、なかから戸をあけるんだ」ヤリテがいった。「明かりは点けるんじゃない、そとから見られるからな」

ボウヤはとっかかりのない壁を猿のようにするするのぼっていくと、音もたてずにボール紙をやぶり、あたまをなかに突っこんだ。においに気がついたのはその時だった。おおきく息を吸いこむと、あたりにただよう甘いもの独特のかおりが鼻をくすぐった。

たらふく食べてみたいとは思わなかった。それよりかれが感じたのは、胸騒ぎにも似た、かすかないとおしさだった。

《きっとお菓子があるんだ、このなかに》かれは思った。もう何年も菓子といえるものなんて一口だって口にしていない、たぶん戦争のはじまる前から。そこらじゅうひっかきまわして、かならずお菓子を見つけてやるぞ。暗闇のなかをかれはそろそろとおりていった。電話機をけとばし、ほうきの柄がズボンにからまり、ようやく床にたどりついた。菓子のにおいは強くなる一方だったが、どこからにおってくるかは分からなかった。

《しこたまお菓子があるぞ、ここには》ボウヤは思った。

裏口までいってヤリテに戸をあけようと、かれは暗闇に目をならしながら手をのばしたが、すぐにその手をひっこめた。いやな感じがしたのだ。目の前になにか生き物がいるみたいだ、海の生き物だ、たぶん、じめじめねとねとするやつだ。片手は宙にうかせたまま、もう片方の手を前にのばすと、妙にぬめりのあるべとついたものに突き当たった。指のあいだから、なにか丸いものがとびだしている。イボだろうか、もしかしたらリンパ腺が腫れたのかもしれない。暗闇のなかで目をこらしてみたが何も見えなかった。手を鼻先まで持ってきてもだめだった。何も見えないのに、においはした。かれは声をたてて笑ってしまった。さわったのはケーキで、手にのっているのがクリームと砂糖づけのサクランボだと気がついたのだ。

さっそくかれはその手をなめはじめ、もういっぽうの手であたりを探りつづけた。なにか手ごたえのあるわりにふわふわしたものにさわった。表面にざらざらしたものがかかっている。ドーナツだ！　そのまま手さぐりをつづけながら、それを口いっぱいほおばってみた。びっくりしておもわず大声をあげそうになった。なかにジャムが入っていたのだ。なんてすばらしい場所《とこ》なんだろう、真っ暗闇のぐるりどこに手をのばしても、なにかしら甘いものに行きあたるなんて。

すぐ近くでせわしげに戸をたたく音が聞こえた。ヤリテが戸があくのを待っていたのだ。ボウヤは音のするほうにむかった。まずメレンゲ菓子、それからアーモンド菓子に両手がぶつかった。かれは戸口を開けた。ヤリテの懐中電灯がボウヤの顔を照らしだすと、クリームで真っ白のひげが浮かび上がった。

「ここはお菓子がいっぱいだ！」ほかのことなどかまうものかという調子でボウヤはいった。

「菓子なんか、かまってるときか」といってヤリテはかれをわきへ押しのけた。「一秒だってむだにできないんだ」

そして暗闇のなかで懐中電灯をあちこちせわしなく動かしながら進んでいった。どこに光をあてても棚が列をつくっていて、棚のうえには大皿がならび、大皿のうえには色も形もすべて取り揃えられた菓子の行列が浮かび上がった。燃えるろうそくからロウがたれてるみたいなクリームたっぷりのケーキ、パネットーネの兵隊に、ヌガーでかためた堅固なお城。

するとどうにもしようのない絶望がボウヤを襲った。味わってる時間なんてない、一通り全部お菓子を味わうより先にここから逃げなきゃならないんだから、この夢の楽園を思い通りにできるのは人生のほんの数分だけなんだ。菓子を発見すればするほど、絶望は深くなっていった。ヤリテの懐中電灯に照らしだされる店の通路も、光景も、そのどれもが自分の行く手に立ちはだかって、通路をすべて閉ざしているようだ。

かれはならんでいる棚にとびつくと、タルトを口につめこんだ。いっぺんに二つ、三つ押しこんだのでは、とても味なんて分からなかった。まるで菓子と闘っているみたいだった。おそろしい敵が、奇怪な怪物が群れをなして包囲網をせばめながら迫ってくる。アーモンドとカラメルの包囲網から脱出するには下顎のちからをたのむしかない。半かけのパネットーネが目玉のいっぱいついた黄色い口をあけている。気味の悪いチャンベッラが食虫植物の花みたいな口をひらいている。ボウヤは一瞬、自分のほうが菓子にむさぼり食われているのではないかという気がした。

ヤリテがかれの腕をひっぱった。

「金庫だ」かれはいった。「金庫にかかるぞ」

だがその間に、ヤリテは色のついたスコッチケーキを一切れ、つぎにケーキのうえのサクランボ、それからブリオッシュを口のなかに押しこんでいた。それでも自分の仕事がお留守にならないように、先を急いだ。懐中電灯は消してあった。

「外からまるみえだからな」かれはいった。

ふたりは売り場にたどりついていた。ガラスのショーケースと大理石の小さなテーブルがならんでいた。おもてから月明かりが差し込んでいた。シャッターが格子状になっていて、そこから外では家々や街路樹に影が不思議ないたずらをしているのが見えた。

つぎは金庫をこじあける番だった。

「こうやって待ってろ」こういうとヤリテは、外から見えないように下にむけた懐中電灯をボウヤに渡した。

だがボウヤは片手で懐中電灯をもち、もう一方の手でまわりを探りつづけた。まるまる一本のプラムケーキをつかむと、ヤリテが錠前道具で悪戦苦闘しているのを横目に、パンでも食べるようにそれをぱくつきはじめた。

「そこを離れろ！　がつがつ食ってる場合か！」押し殺した声でヤリテが叱った。商売が商売とはいえ、律儀な仕事をすることに異様な情熱をもやすたちだった。しかしさすがに菓子の誘惑には抗しきれなくなって、ビスケットを二枚、サヴォイア・ビスケットとチョコレートビスケットが半々になったやつを口に入れた。だがその間も一時たりと手を休めることはしなかった。

それにひきかえボウヤのほうは、両手を空にするために、ヌガーのかけらと大皿のうえのナプキンでランプシェードらしきものまでつくりあげていた。《祝　聖名祝日》と書かれたケーキがならんでいるのが目にとまったからだ。まずまわりを点検しながら攻略計画を練った。チョコレートクリームを指でひとなめしながら順番にケーキを閲兵すると、今度はそのなかに顔をうずめて真ん中から一つずつかじりつきはじめた。

だがどうしても自分の気がすまないという焦りばかりがつのって、存分に味わい尽くす方法は見つからなかった。今度はテーブルのうえに四つん這いになって、おなかの下にケーキをおいてみた。服を脱いではだかでこのケーキのうえに寝転がって、ごろごろ転げまわりたい、ずっとそのままでいられたらどんなにいい気持ちだろう。でも五分か一〇分もすれば、それですべて終わりだ。あとはもう死ぬまで、菓子屋なんて高嶺の花に逆戻り、また子どものころみたいにショーウィンドーに顔をくっつけるしかできなくなるんだ。少なくとも三時間、いや四時間ここにいられたら……。

「ヤリテ！」かれはいった。「夜明けまでおれたちがここに隠れていたって、だれも気がつかないよな？」

「ばかいうな」首尾よく金庫をこじあけて、さっきから札束をあさっていたヤリテがいった。

「機動警察がくる前にここからおさらばしなけりゃならないんだぞ」

ちょうどそのとき、だれかがガラス窓をたたいた。月明かりのなか、イ・イマダがシャッターの格子ごしに窓をたたいて、なにか合図していた。店にいた二人はびっくりしてとびあがったが、イ・イマダは手で心配ないというと、ボウヤに、自分がそっちにいくからこっちの仕事と替わってくれ、といってよこした。これを見た二人はこぶしをふりあげ、かれを罵った。そして、もし正気が残っているなら、とっとと店の前から失せろと合図した。

そのうちヤリテは、金庫のなかに一〇〇〇リラ札が大して入っていないのに気づいて悪態をつき、それから一向に手伝おうとしないボウヤにあたりちらした。ボウヤは心ここにあらずといった様子だった。シュトルーデルにかみつき、干しぶどうをつまみ、カラメルをなめ、クリームやジャムでべとべとになりながら、ショーケースのガラスのうえに食べかすを散らかしていた。少し前から、もうお菓子はたくさんだという気分になっていた。何か口に入れるたびに吐き気が喉元までこみあげてくるような気さえした。だがひきさがりたくはなかった。まだ降伏するわけにはいかなかった。ドーナツがスポンジの切れはしに、クレープは蠅取り紙のロールに見え、ケーキからトリモチとタールがたれていた。目の前にあるのは菓子の遺骸でしかなかった。死体をつつむ白い布のうえにひろがって腐臭を放ち、胃のなかで溶けてどろどろのニカワに化けているのだ。

ヤリテが猛然と、また別の小さな金庫の錠前と格闘をはじめた。もう菓子のことも、腹が空いていることも忘れていた。だれにも分からないシチリア言葉でがなりたてながら、店裏からイ・イマダが入ってきたのはそのときだった。

「機動警察か？」店にいたふたりは真っ青になって訊ねた。

「交代！　交代！」イ・イマダは故郷の言葉でうなっていた。何度も何度もウーウーうなりながら、自分が寒いなか空きっ腹をかかえているのに、ふたりが菓子をがつがつ食べているなんてあんまりじゃないか、と必死になって伝えようとしていた。

「見張りだ！　見張りにもどれ！」カッとしてボウヤが怒鳴った。カッとしたのは菓子にうんざりした自分に対してだったのだが、それがかれをいつもよりずっと自分勝手で意地悪にしていた。

ヤリテは、イ・イマダを交代させてやるのがすじなのは分かっていたが、ボウヤがそうそう簡単にひきさがるわけがないということも、それに見張りなしでぐずぐずしているわけにいかないということも承知していた。だからピストルを抜いて、それをイ・イマダに突きつけたのだ。

「すぐ持ち場にもどるんだ、イ・イマダ」かれはいった。

イ・イマダは観念はしたものの、せめて立ち去る前に自分の分を取っておこうと考えて、松の実入りのマカロンを大きな両手いっぱいに掻き集めた。

「ふん、それで手に菓子なんかもってるところを見つかったら、このまぬけ、なんて返事するつもりなんだ」ヤリテがまた罵った。「みんな置いていけ、さっさと持ち場にもどるんだ」

イ・イマダは泣いていた。ボウヤはそれが憎らしかった。誕生ケーキを一個つかむと、かれの顔めがけて投げつけた。よけようと思えば充分よけられたはずなのに、イ・イマダは顔を前に突きだして、それを真正面から受けとめた。そして顔も髪の毛もネクタイもすっかりケーキまみれになって、にっこり笑ってみせてから、鼻や頬を舌でなめなめ逃げていった。

ようやく頑丈な金庫をこじあけたヤリテは、ジャムのついた指がべとつくのに文句をいいながら、お札をポケットにしまいこんでいるところだった。

「さあ、ボウヤ、ひきあげるぞ」かれはいった。

だがこれですべて終わりだなんて、ボウヤには信じられなかった。こんなにたらふく食ったなんて、きっとこれから先何年も、仲間たちや、それに〈トスカーナのマリー〉にだって語り草になるにちがいなかった。トスカーナのマリーはボウヤの恋人だった。すべすべの長い脚、顔とからだは馬みたいだった。大きな猫みたいにからだを丸めてかれのからだによじのぼってくる彼女がボウヤは好きだった。

イ・イマダがふたたびやって来て、かれの思いは中断した。ヤリテはすばやくピストルを抜いた。ところがイ・イマダは「機動警察だ!」というと、手にしたレインコートのすそをひらひらさせて一目散に逃げていった。ヤリテは残った札をかき集めると、ひとっ跳びで戸口に向かった。ボウヤもあとにつづいた。

ボウヤはトスカーナのマリーのことを考えていた。この期に及んで、おみやげに菓子を持っていってやろうと思いついたのだ。いままで一度だって贈り物なんてしたことはないんだもの、きっと大喜びするぞ。かれは引き返すと、カンノーロをわしづかみにして、シャツの下にねじこんだ。が、すぐに一番くずれやすい菓子を選んでしまったことに気づいて、もっとしっかりしたものを、と探しているうちに夢中になって我を忘れてしまった。ガラス窓に警官たちの影が映ったのはそのときだった。警官たちは大声を上げて通りのむこうにいる人影を指差していた。警官のひとりが狙いすまして、人影のいる方向めがけて発砲したようだった。

ボウヤはショーケースの陰にしゃがみこんだ。どうやら命中しなかったらしい。くやしそうな顔をして警官たちが店のなかをのぞきこんでいた。少しして、裏口が開いているのを発見したのか、警官たちが入ってくる物音がした。店が武装した警官であふれかえっていた。ボウヤはそのままじっとうずくまっていたが、そのうちに砂糖づけの果物がすぐ手の届くところにあるのを見つけると、気を落ち着けようとシトロンとベルガモットをいくつも口につめこみはじめた。

　盗みの痕跡に気づいた機動警察の警官たちは、棚のうえの食べ散らかしに目をやった。そしてなんだとばかりに緊張を解くと、それぞれにあたりに散らばったパイの切れはしを口に運びはじめた。もちろん証拠となる手掛かりは消さないように充分気をつけていた。数分後には、犯人を見つけだすのに懸命になっていたはずの警官たちが、全員集まってきて菓子にかぶりついていた。

　ボウヤはむしゃむしゃ音を立てて食べていたが、警官たちが食べる音のほうが大きいものだから、かれの音はかき消されてしまうのだった。肌とシャツのあいだに詰めていたものが溶けだしているのと、吐き気が胃からこみあげてくるのとを感じていた。砂糖づけの果物を食べるのに夢中になっていたせいで、戸口が手薄だと気づくのが少し遅れてしまった。機動警察の面々は、鼻にクリームを塗りたくった猿を目撃した、と後日語ったものだった。猿は大皿やケーキをひっくりかえしながら、店のなかを跳んでいった。そしてはっとして我に返った警官たちがひっくりかえされたケーキに足を取られているうちに、かれのほうはもう手の届かないところに逃れていた。

トスカーナのマリーの家でシャツのボタンをはずしてみると、ボウヤの胸にはべっとり、クリームと小麦粉とジャムで正体不明の練り粉ができあがっていた。それから恋人たちは朝までそのまま、ベッドに寝そべって、相手のからだについているケーキの最後のひとかけら、クリームの最後のかすにいたるまで、互いになめたりつまんだりしあったのだった。

(Furto in una pasticceria, 1946)

小道の恐怖

月を背にブラッカの丘にたどりついたのが九時一五分、二〇分にはもう二本松の分かれ道にさしかかっていたから、あと半時間もすれば泉に行きつけるはずだった。一〇時前にはサン・ファウスティーノが見え、一〇時半にはペラッロに、クレッポに一二時、一時までにはカスターニャ・イン・ヴェデッタに行けそうだった。人並みに歩いて一〇時間の道程、かれ、第一大隊伝令ビンダの足なら多く見ても六時間というところだ。旅団きっての健脚なのだから。

ビンダは全速力で近道を抜け、駆けおりていく。どれも同じにしか見えない曲がり角もけっして間違えはしない。暗闇のなかでも岩や茂みは全部見分けがつくからだ。坂はまっすぐ駆け上がり、それでも心臓が強靭なのか、呼吸は乱れず、まるでピストンででも動かしているように脚力は衰えを見せない。「がんばれ、ビンダ!」野営に向かって山をよじ登ってくるかれのすがたが遠くに見えると、やにわに仲間たちは声援を送る。かれの表情から、運ばれてくる指令の善し悪しを読み取ろうとする。だがビンダの表情は握り拳みたいに固く閉ざされていて、岩を寄せ集めたような隆々とした筋肉のついた、青年というより少年を思わせる頑丈でずんぐりした体軀のうえには、口元の毛深い山男特有の険しい顔がのっていた。

それは厳しく孤独な任務だった。いつ何時でもたたき起こされ、セルペやペッレくんだりから伝令に走らされる。行軍は夜、谷間の闇のなかと決まっていた。供は肩に掛けた、あの木製銃みたいなフランス製の武器。駐屯隊までたどりついても、すぐその足でまた別の隊のいるところへ出発するか、返事を持って取って返さねばならない。炊事係を起こして、冷えきった鍋をあさっていると、まだ喉に栗のつかえたまま、飯盒片手にまた出発だ。だがこれはかれの天職でもあった。幼い頃から山羊の放牧の世話や、薪ひろいや干し草刈りで駆けまわっていたおかげで、森で道に迷わない、小道をみんな知っている、そんなかれだからこその任務だった。かれなら、町や海辺から山にやって来るたくさんのパルチザンのように足を引きひき、あの岩場で足を傷だらけにすることもない。

栗の幹の洞穴、石に生えた薄青色の地衣類、炭置き場の空き地、そんな単調でしまりのないドラマの脇役たちが、はるか遠い日々の記憶にふかくむすびついて、かれのなかで息づいていた。逃げた山羊、穴から追いだしたテン、女の子のめくれた下着。そうした記憶に、故郷での戦闘やその後の自分の歴史といった新しい記憶がつけ加わっていった。遊びに、仕事に、そして狩りになってしまった戦争。ロレート橋の硝煙のにおい、斜面の茂みを下りながらの救出作戦、死体でいっぱいの地雷原。

戦闘はその狭い谷間のなかで、犬が自分の尻尾に嚙みつこうとでもするように、繰り返されていた。パルチザンはファシスト軍の狙撃隊とファシスト義勇軍と額を合わせるばかり。一方が山に上れば、他方は谷に下りる。少しすると山と谷の布陣が逆転するのだが、そのときには互いに敵の下方に立たないように、いつも尾根づたいに大きく迂回してゆく。そして背後からの撃ち合いになって、山側か谷側のどちらかに、きまってだれかの死体が置き去りにされている。ビンダの村は、田園地帯の下の谷あいの、三つばかりの集落が点在するサン・ファウスティーノというところで、掃討作戦のある日にはレジーナの家の窓にシーツをひろげて干すことになっていた。ビンダの村は山の起伏がほんのしばらく跡切《とぎ》れる台地にあり、そこでビンダはミルクで喉の渇きを潤し、母親の用意してくれた清潔な下着に着替えることにしていた。それから、またどこからか突然敵が現われないとも限らないので、あたふたと逃げるように駆けだしていくのだった。サン・ファウスティーノでは、もう充分すぎるくらいパルチザンが死んでいるからだ。

冬は鬼ごっこだった。狙撃隊はボイアルド、義勇軍はモリーニ、ドイツ軍はブリーガに、その真ん中でパルチザンはふたつ並んだ谷にはさまれるようにして陣取り、掃討作戦を逃れ、夜中に陣地を奪還しながら転戦していた。折しもその晩は、ドイツ軍の一隊がブリーガからカルモあたりを目指して行軍していて、義勇軍がモリーニから援護に駆けつける支度にかかっていた。野営部隊は酪農家のわらに埋もれて、消えかかった炭火を囲むようにして眠っていた。その健脚にかれらの救出を託されたビンダは森の闇を進んでいた。《即刻、谷より撤退し、未明までに全大隊完全装備を整え、ペッレグリーノの尾根に集結すること》それが指令だった。

不安が、ビンダの肺のなかで、コウモリの羽音みたいにかすかにさざめいていた。二キロ離れた稜線に片手をかけてよじ登り、見通しのきかない闇のなかで、草原にそよぐ風のように指令をひと吹きしたら、口髭をつたって鼻のなかまで通るように、見る間にヴェンデッタやグェリッリアまで指令が届けばいい。そうしたら栗の葉のなかにねぐらを掘って、レジーナとふたり、そこに身を沈めるんだ。でもその前にレジーナに刺さるといけないから栗のイガを取っておこう。ところが葉を掘り返せば掘り返すほど、イガは増えてくるばかり。そんななかにレジーナの場所をつくるなんて不可能だ。あんなすべすべして柔らかな肌をしたレジーナには。

ビンダの足の下で、落ち葉とイガ栗がさざ波みたいな音を立てる。光る丸い眼をしたヤマネたちが樹上の巣に帰ろうと駆けてゆく。「がんばれ、ビンダ！」指令を伝えるとき、指揮官の〈肝臓《フェーガト》〉はかれにいった。闇の奥から眠気が頭をもたげてきて、瞼の奥がかすんでくる。できるものなら小道を逸れて、落ち葉の海に消えてしまいたい、泳いで泳いで海のなかに沈んでしまいたい、とビンダは思った。「がんばれ、ビンダ！」

いまビンダは、まだ氷の残るトゥメーナの高台にある海岸地帯の狭い路を足跡をたよりに歩いていた。トゥメーナはこの地方最大の谷で、はるか上から海を見下ろすことができた。対岸は闇にかすみ、かれの歩いている海岸は落ち葉の散り敷く斜面のなかへ消えていた。昼間なら、そこの茂みのなかからヤマウズラの群れが立てる羽音が聞こえる。ビンダは遠くに灯りが見えたような気がした。トゥメーナの低地あたり、自分のずっと先を行くようだ。カーブでも切るかのように時々ジグザグに動いて、見えなくなったと思うと、しばらくすると思いもかけない方向にまた現われる。こんな時間にいったいだれだろう？　ビンダの眼には、その灯りがもっとずっと遠く、対岸にあるように見えることもあれば、止まっているようにも、自分の後方にあるように見えることもあった。

灯りが幾つもあるのかもしれなかった。それがみんなトゥメーナの低地に向かって動いていて、たぶんかれの前にも後ろにも、トゥメーナの高地にもいて、点滅を繰り返しているのかもしれなかった。ドイツ軍だ！

なにか生き物がビンダの来た道を走ってくる。追跡しているのだ。すぐに追いつかれてしまう。恐怖。あの灯りはトゥメーナを巡回するドイツ軍のものだ。大隊を連ね、茂みをしらみつぶしに検《しら》べているのだ。ありえないことだ。それはビンダにも分かっていた。それなのに、そう信じて、そのちいさな生き物が自分のすぐ後から追いかけてくるという妄想に身を任せられたらいいのに、そんな気分だった。生唾を呑み込む度に、ビンダの喉元で時間が脈打った。ドイツ軍の先まわりをして仲間を助けだすのは、もう手遅れだった。ビンダの眼に、焼きはらわれたヴェンデッタの納屋が、点々と転がる仲間たちの血まみれの死体が、カラマツの枝のそこかしこに吊された長い髪の女たちの顔が、まざまざと見えた。「がんばれ、ビンダ！」

ふと我に返り、自分のいる場所を見て驚いた。ずいぶん経ったのに、ほとんど進んでいないような気がする。自分でも気づかないうちに歩調を緩めていたのかもしれない。もしかしたら停まっていたのかもしれない。だが歩調を変えることはしなかった。自分の歩幅がつねに一定で確かなことが自分でもよく分かっていた。あの生き物に気を許してはいけない。夜の密命を帯びておれを訪れ、唾液にぬれた視《み》えない手でおれのこめかみを濡らしにやって来るのだ。ビンダは聡明な少年だった。どんなときでも冷静で緻密なかれは、その生き物が今や自分に襲いかかり、猿みたいに首に巻きついているというのに、いつでも果敢な行動を起こす態勢を失ってはいなかった。

月明かりにつつまれたブラッカの草原は濡れているようだった。《地雷だ!》ビンダは思った。上のほうには地雷はない。ビンダは知っていた。地雷はもっと離れたチェッポの反対斜面に仕掛けられていた。けれど今のビンダは、地雷が地中を移動して、山のむこう側からこちら側まで歩いてきて、巨大な地中グモみたいに自分を追跡しているのだと思った。地雷の上の地面には奇妙なキノコが生えている。それを踏んだらおしまいだ。一瞬にして粉々になってしまうだろう。だがその数秒間は数世紀に感じられるだろう。そして世界は魔法にかかったように停止して見えるだろう。

いまビンダは森を下りていた。眠気と闇とが木の幹や茂みに暗い仮面を被せていた。まわりじゅうにドイツ兵がいるのは確かだった。月明かりに照らされてブラッカの丘の草原を抜けている間に見つかったのはまちがいない。追跡をつづけながら待ち伏せているはずだ。すぐ近くでフクロウの声がした。かれを取り囲んでいるドイツ軍がいつもの口笛を吹いたのだ。するともうひとつ口笛がそれに応えた。包囲されてしまったのだ！なにか生き物がヒースの茂みの奥で動いた。たぶん野ウサギ、それともオオカミ、もしかしたらかれに狙いを定め灌木のなかに伏せているドイツ兵かもしれない。どの茂みにも必ず一人ドイツ兵がいた。どの木のてっぺんにもドイツ兵が一人ヤマネと並んでちょこんと乗っていた。岩からも石からも鉄兜がのぞいていた。枝の間から銃口がのぞき、たどっていくと木々の根元に人間たちの足が見えた。ビンダは待ち伏せているドイツ兵たちの二重の人垣に沿って進んでいた。きらきら輝く木の葉のような眼がいくつもかれを見つめていた。進めば進むほど、かれらの懐ふかく入っていった。三度、四度、六度、フクロウの鳴き声がしたら、ドイツ兵は全員一斉にかれに跳びかかり、銃口の狙いを定め、機関銃が胸を貫くだろう。

あいつらのなかに、あのギュントと呼ばれている、鉄兜の下に不気味な薄笑いを浮かべている男がいるとしたら、あのばかでかい両手がおれの頭ごしに伸びてきて、おれは捕まえられてしまう。ふり返ってみたら、突然自分の背後に機関銃を構えたあの男が見下ろすように立っていて、空中から両手でつかみかかってくるようで、ビンダは怖くてたまらなかった。もしかしたら、しっかり自分を指差しながら、正面から小道をやって来ているかもしれない。もしかしたら、あの小石の転がる音はあの男が横にいて、無言で自分と並んで歩いている徴《しるし》なのかもしれない。

ふと道を間違えてしまったような気がした。小道も石も岩も、木々や苔も見覚えがあるにはあった。だが石も木も苔も、どこか別の遠く離れた、何千もある遠く離れたあちこちの場所のどれかひとつの場所にあるものだった。あの石段のむこうにあるのは絶壁で、茂みのはずはなかった。あの尾根を越えたところにあるのはエニシダで、ヒイラギの株ではなかったはずだ。小川は干上がっていたはずで、流れもなければ蛙もいないはずだった。あれはほかの谷の蛙、ドイツ軍の近くにいる蛙だ。ぐるりと道を取り巻いて、待ち伏せているドイツ軍の仕掛けた罠なのだ。不意を襲われやつらの手中に落ちたら、行く手の正面にはあのギュントと呼ばれる男が立ちはだかり、ずらりと鉄兜に弾薬帯、狙いを定めた武器が居並ぶなかで、あのばかでかい手を頭上にかざされたら最後、もう二度と逃れようもない。

ギュントを捕まえるにしても、まずレジーナのことを考えなくては、雪のなかにレジーナと落ちつける場所を掘っておく必要がある。でも雪は固くて凍っているから、そんなところへ肌みたいに薄いスカートをはいたレジーナを寝かせるわけにはいかない。松林の下もだめだ、幾重にもトゲが重なってきりがないし、それをはらい除けると出てくる土くれは蟻の巣ときてる。そのときにはもうギュントが頭上に迫っていて、片手をふりおろし、おれたちの頭に、喉に、胸に、さらに下へとその手を進めてくる。おれたちは悲鳴をあげる。レジーナのことを考えなくては、おれたちみんなの心のなかにいる娘、あの娘のためなら、みんな喜んで森の奥に隠れ家を掘ってやろうと思うレジーナのことを。

しかしビンダとギュントの追跡も終わりにさしかかっていた。ヴェンデッタの野営地までは、もう一五分か二〇分そこらの距離だった。ビンダは、物思いにふけりながら走っていた。だが歩調は相変わらず規則正しく、息が切れることはなかった。仲間のところにたどりつけば、恐怖は消え、記憶の奥底からありえないこととして掻き消されてしまうだろう。ヴェンデッタと将校のサーベルを起こし、かれらにフェーガトの指令を説明したら、それからまた青大将のいるジェルボンテに出発しなければ、とかれは手順を考えていた。

それにしてもたどりつくことはないのだろうか、酪農家には？　あの家は、遠くから自分をたぐり寄せる一本の糸に結ばれていたのではないのか、だから自分は次第しだいに近くまでやって来たのではないのだろうか？　そして着いてみれば、火のまわりに集まってドイツ兵たちが残った栗をムシャムシャ食べる音を聞かずにすむのだろうか？ビンダの脳裏には早くも、焼けかけた無人の農家に到着する様子が浮かんできた。なかに入る。空っぽだ。だが片隅に、やけに大きな男があぐらをかいて坐っている。鉄兜が天井にとどきそうだ。ギュントだ。ヤマネみたいに丸い眼をぎらつかせ、腫れぼったい唇の間から歯を見せて薄笑いを浮かべている。ギュントはおれに手で《坐れよ》という。そしたらビンダは腰を下ろすだろう。

ほら、一〇〇メートルむこうに灯りがひとつ。あいつらだ！　あいつらってだれ？かれは引き返し、逃げたかった。まるで危険はすべて、あの下にあるカスターニャ台地の農家のなかにあるかのようだった。だがかれは握り拳のようにひき締まった険しい顔で足早に歩きつづけた。火の手が近づいてくるのが早すぎるような気がすることがある。自分にむかって移動してくるのだろうか？　遠ざかっていくこともある。逃げていくのだろうか？

しかし火の手は止まっていて、それが野営地のまだ消えていない炎だということが、ビンダには分かっていた。

「だれだ、そこを行くのは！」かれはびくつかなかった。「ビンダだ」かれは応えた。「見張りだ。フクロウだよ。新しい知らせか、ビンダ?」「ヴェンデッタは、眠ってるのか?」「今頃はもう仲間といっしょに寝息を立てて家のなかさ。同志たちだよ、もちろん。ほかにだれがいるっていうんだい?」

「ドイツ軍が下のブリーガに、ファシストが上のモリーニにいるんだ。退却だ。夜明けに全員完全装備でペッレグリーノの頂上に集結だ」

起き抜けのヴェンデッタが眼をしばたたかせながらいった。「結構なことだ」

それから起き上がると、両手を叩いた。「みんな起きろ、一戦まじえに出かけるぞ」

ビンダはゆで栗の鍋をすすり、時折はりついた皮をペッと吐きだしていた。男たちは分担を決め、弾薬や武器の三脚を運んでいた。出発だ。

「ジェルボンテのヘビのところに行くんだ」かれがいった。

「がんばれ、ビンダ」仲間たちがかれにいった。

(Paura sul sentiero, 1946)

蟹だらけの船

〈悲しみ広場〉の子どもにとって海びらきといえば、まっさらの青空と陽気で若々しい陽の射す四月の日曜日だった。つぎはぎのニットの海水パンツに風をはらませ、子どもたちは細い坂道をかけおりてくる。砂利道をサンダル履きでにぎやかにやってくる子もなかにはいたが、たいていは帰りに濡れた足に靴を履く気持ちの悪さを思うのか素足のままだった。浜にひろげた網を繕っている漁師たちの節くれだった素足を跳びこしながら、突堤へと駆けていく。大きな岩の陰で着替えをしていると、だいぶ前からひからびたままの海藻の酸っぱいにおいと、広すぎる大空いっぱいに埋めつくそうと飛び交うカモメたちとで心が満たされてくる。岩穴に服や履物を隠そうとするとちいさな蟹たちが逃げだしてくる。それから子どもたちは素っ裸のまま岩から岩へ跳び移りながら、だれが最初に飛び込むかを決めることになる。

海は穏やかだったが、ぎらぎらと緑色に照り返す濃い碧をして澄んではいなかった。マリアッサと呼ばれているジャン・マリーアが高い岩のてっぺんに跳びのって、ボクサーを思わせるいつものしぐさで鼻の下を親指でこすった。

「そうら」といって、両手を前にそろえて頭から飛び込んだ。数メートル潜って顔を出すと、勢いよく唾を吐いてから動かなくなった。

「冷たいかい?」みんなが訊いた。

「とっても温かいよ」大声で応えると、凍えないようにものすごい勢いで水を掻きはじめた。

「みんな来い! おれにつづけ!」とチチンがいったのは、そうすれば自分が大将になれると考えたからだったが、だれもかれの言葉には従わなかった。

全員が飛び込んだ。ピエール・リンジェーラは宙返りをしながら、ボンボロは腹から水に落ち、パウロ、カッルーバ、それから最後にメニンが飛び込んだ。メニンはどうしようもなく水が怖くて、鼻を指でつまんで足から飛び込んだ。

水の中ではピエール・リンジェーラが一番強くて、みんなに一回は水を呑ませたが、それがすむとみんなで仲よく、今度はピエール・リンジェーラに水を呑ませてやった。

するとマリアッサことジャン・マリーアがこう提案した。「船だ! 船に行こうよ!」

港の沖合に、戦争中ドイツ軍が沈めて盾にしていた船がまだ残っていた。ほんとうは二隻が重なり合っていて、見えているのは完全に沈みきっている船の上に乗っているほうだった。

「そら行くぞ」残りのみんながいった。

「上に乗れるかな?」メニンが訊いた。「機雷が仕掛けてあるんだぞ」

「山ほどの機雷だぜ!」カッルーバがいった。「アレネッラのやつら、いつでも好きなときにあそこに乗っちゃ戦争ごっこをしてるんだ」

かれらは船に向かって泳ぎはじめた。

「みんな来い! おれにつづけ!」大将気取りでチチンがいった。だがみんなのほうが泳ぎが速く、かれを置き去りにしてしまった。ただ平泳ぎでいつも最後からいくメニンは別だった。

下に着いてみると、船は時を経て苔むしたタールの黒い横腹をむきだしにして、まっさらな青空に無防備な船楼で挑むようにして聳えていた。腐った海藻のひげが一本、竜骨のところから伸び、船を覆っていて、古くなったペンキが大きな塊になって剝げかかっていた。子どもたちは船のまわりを一周し、それから艫《とも》の下で止まってすっかり消えかかっている船の名前に目を凝らした。Abukir, Egypt. 斜めにはった錨の鎖が時折潮の流れに揺れては、錆びついた大きなリングが軋みをたてていた。

「乗り込むのはやめとこう」ボンボロがいった。

「ばかいうな」とピエール・リンジェーラはいって、さっさと手足で鎖にしがみついていた。かれが猿のようによじ登るとみんなも後からつづいた。

半分くらい登ったところでボンボロが滑って、腹から海に落ちた。メニンは登ることができなくて、二人がかりで引き上げなければならなかった。

甲板に上がるとかれらは無言でその無防備な船の探険をはじめた。操舵輪やサイレン、ハッチ、ボート、そういった船が必ず備えている品々を捜しはじめた。しかしそれはカモメの白い糞で覆われた艀《はしけ》なみの貧相な船だった。カモメが五羽、甲板の片方の手すりに留まっていたが、盗賊の裸足の足音が聞こえると、大きく羽ばたいて一羽また一羽と飛んでいってしまった。

「わっ！」パウロが大声を上げて、拾ったボルトを一本いちばん後ろに放り投げた。

「さあ、みんな機関室にいくぞ！」チチンがいった。遊ぶのなら、いろんな機械に囲まれているか、船倉のなかでのほうがずっとおもしろいにきまっていた。

「下敷きになっている船に降りられるかな？」カッルーバが訊いた。だとしたら最高だ。完全に密閉されたあの下にいけるなんて、まわりも上も海なんて潜水艦のなかみたいじゃないか。

「下の船には機雷がしかけてあるんだぞ！」メニンがいった。

「危ないのはおまえのほうだ」みんなはいった。

子どもたちは狭い階段を下りはじめた。数段いったところで止まった。足元に見えてきた黒い水が、密閉された部屋のなかで波打っていた。悲しみ広場の子どもたちはじっと無言でみつめていた。その水をたどっていくと、黒く光る針のようなものがあった。ウニがいくつもそのトゲをゆっくりと開いたり閉じたりしていた。そして四方の壁は、殻に緑色の海藻がひげのように生えたカサガイでびっしり覆いつくされていて、腐食してみえる壁面の鉄板に根をおろしているようだった。そして水際には蟹がうじゃうじゃと、ありとあらゆる形や大きさの蟹が何千匹も、その折れ曲がった輻射状の四肢を使ってぐるぐる動きまわりながら、鋏をちらつかせたり、無表情な鈍い眼を突き出すようにしていた。その蟹の平らな腹に寄せる海の水は、音もなく鉄の壁の四方を洗っていた。この船倉中がもそもそ蠢《うごめ》く蟹でいっぱいなのかもしれず、だとしたらある日、この船は蟹たちの四肢に乗って動きだし、海のなかを歩きはじめるかもしれない。

子どもたちは上甲板にもどって、舳《へさき》に出た。すると少女のすがたがあった。さっきは見かけなかったのに、ずっとそこにいたかのような気がした。六歳ぐらいの太ったちぢれ毛の髪の長い少女だった。よく日に灼けて、身につけているものはといえば白いパンツだけだった。どこからやって来たのか分からなかった。かれらには目もくれなかった。木の床にひっくり返って、ぬるぬるした触手をあたりに広げてもがいている一匹のクラゲを一心にみつめているのだった。少女は細い棒切れを使ってカサを元の位置に戻してやろうとしていた。

あっけにとられた悲しみ広場の子どもたちは少女を囲むようにして立ち止まった。マリアッツサが最初に進み出た。あごを突き出すようにして、こう訊ねた。

「きみ、だれなの？」

少女がぽっちゃりとした浅黒い顔を上げると、その瞳は青かった。それからまた棒切れをクラゲの下に差し入れ、起こそうとしはじめた。

「きっとアレネッラの連中の仲間だ」現実家のカッルーバがいった。

アレネッラの子どもたちには、いっしょにやって来て泳いだり、ボール遊びをしたり、おまけに葦の葉で戦争ごっこもしたりする少女たちがいた。

「きみは」とマリアッツサがいった。「おれたちの捕虜だぞ」

「さあ、みんな！」チチンが叫んだ。「その子を生け捕りにしろ！」

少女はかまわずクラゲの世話を焼いていた。

「戦闘開始だ！」偶然うしろをふり返ったパウロが叫んだ。

「アレネッラのやつらだ！」

少女にかまけているうちに、水遊びをしていたアレネッラの子どもたちが潜水でやって来て、音も立てずに錨の鎖をよじ登り、息をひそめて甲板の手すりを乗り越え、姿を現わしていた。ずんぐりがっしりとして、身のこなしは猫のように軽そうで、肌は浅黒く、みんな坊主頭をしていた。海水パンツは悲しみ広場の子どもたちのような長くてゆるい黒のパンツではなく、ぴったりした布製の白いものだった。

戦闘がはじまった。悲しみ広場の子どもたちは、でぶのボンボロを除けば、みんな痩せて筋肉質だったが、旧市街の狭い坂道でサン・シーロやジャルディネッティの連中相手の長い取っ組み合いで鍛えられているおかげで、こと殴り合いには異様なくらい夢中になった。序盤はアレネッラのほうが優勢だったが、そのうちに悲しみ広場の子どもたちが階段に張りついて、そこから一歩も動こうとしなくなった。海に放り込まれやすい手すり際に追いつめられることだけはどうしても避けたかったからだ。最後は、たまたま落第したばかりに仲間に加わっていた、年長で一番強くもあるピエール・リンジェーラがアレネッラのひとりを甲板まで後退させてまんまと海に突き落とした。

そこで悲しみ広場側が攻勢に転じた。アレネッラのほうは水中が得意だということもあり、機を見るに敏だったから、醜態をさらしそうになって、一人またひとりと敵から逃れて海に身を投げた。

「できるもんなら、水のなかまで捕まえに来てみろ」と口々にはやしたてた。

「みんな、おれにつづけ！」と叫びながらチチンが飛び込もうとした。

「ばか！」マリアッサが押し止めた。「水に入ったら負けだぞ、あいつらの思うつぼじゃないか！」そして逃げてゆく連中を大声でののしりはじめた。

アレネッラの少年たちが下から水を掛けはじめた。たいそうな勢いで掛けるものだから、船のいたるところが水びたしになってしまった。最後には疲れ果てて、うつむいてゆっくり水を掻いて浮かびながら、時折顔を上げ、ちいさな水しぶきを立てて息を継いでいた。

悲しみ広場の子どもたちが勝利を収めたのだ。舳に行ってみると、少女は相変わらずそこにいた。うまくクラゲを元通りにして、今度は棒に引っかけて持ち上げようとしていた。

「人質を残していってくれたぜ!」マリアッサがいった。

「みんな! 人質だぞ!」興奮したチチンがいった。

「卑怯者!」逃げていく少年たちにカッルーバが罵声を浴びせた。「女を敵の手に残したままでいくなんて!」

悲しみ広場では、どんなときでも信義を大切にすることになっていた。

「おれたちといっしょに来るんだ」とマリアッサがいって、少女の肩に手をかけた。

少女はいやいやをした。もう少しでクラゲを持ち上げられそうだったのだ。マリアッサは屈みこんで少女の手元をながめた。そのとき少女が棒の先にうまくクラゲを引っかけて持ち上げ、後ろに引くと、二度目にクラゲがマリアッサの顔に命中した。

「ちくしょう!」マリアッサは叫んでぺっと唾を吐くと、顔をぬぐった。

少女はみんなを見渡して笑い声を立てた。それからふり向くと、舳の先まで行き、両腕を上げ、両手の指先を合わせると、きれいな弧を描いて飛び込んだ。そしてふり返りもせずに泳ぎ去った。悲しみ広場の子どもたちは身じろぎもしなかった。

「おい」頬をたたきながらマリアッサが訊いた。「クラゲが皮膚を灼くってほんとうかい？」

「待ってろ、いまに分かるから」ピエール・リンジェーラが応えた。「ともかくいますぐ水に入ったほうがいい」

「そら、行くぞ」といってマリアッサが仲間を促した。

それから動きを止め、「これからはおれたちも女をひとり仲間に入れなくちゃな！　メニン！　おまえの妹を連れて来い！」といった。

「おれの妹はばかだからなあ」メニンがいった。

「かまわないさ」マリアッサがいった。「そらっ」といってメニンを突き飛ばして海に放り込んだ。そうでもしなければ飛び込みができないからだ。

それからみんなも飛び込んだ。

（Un bastimento carico di granchi, 1947）

うまくやれよ

やみ屋稼業は苦労は多いが、金にはなるし、気ままだし、目先も変わって厭《あ》きもこない。男も女も、トラックの荷台や家畜用の貨車のなかに折り重なって旅をする。来合わせた列車に信号所で飛び乗って、行きついた土地で夜を過ごす。安宿の一室に五人、六人ころがりこんで、もぐりこめる分だけベッドにもぐりこみ、残りは床の上で寝ることになる。三つ編みの娘はこうした暮らしに慣れていなかったから、少しうとうとしただけだった。旅をするのは初めてで、往きはオリーブ油、還りは小麦を運ぶことになっていた。

やがて朝の光りがガラス窓にさしこんで、大きなベッドいっぱいにひろがって寝息を立てている人々のすがたを浮かびあがらせた。コスタンティーナは、田舎の家ではいつでも早起きだったし、いまさら眠れるわけもなかった。お尻や肘をぶつけながらベッドから抜けだすと、靴の山のなかから自分のを見つけだし、すっかりしわになった赤い服を着込むと、三つ編みの先を編みなおして、物音を立てないように出ていこうとそうっと足を踏みだした途端、床に寝ていた男をかわいそうに踏んでしまった。男は一声うめくと反対側に寝がえりをうった。

表に出てみると、黄色い空と灰色の海、もじゃもじゃの枯れたシュロ、それにまだ眠っている四角い家並が見えた。《すぐにお昼だ……》コスタンティーナは思った。《すぐにお昼で、すぐに夜になって、そうしてあたしはやみの商売をするんだ》と思ったのだ。それから、《すぐに夜で、すぐにお昼になって、明日は家に帰るんだ》と考えた。それまで空にかすんでいた丘が、薄明かりのなかにすがたを現わしはじめていた。橋が見えた、爆撃で半分落ちかかっていて、そして男の子がひとり塀の上にすわってこっちを見ていた。

「ねえ、彼女!」

男の子はアデルキ、爆撃を受けた土地や軍のキャンプをまわっている少年だった。丸刈りの頭に丸々とした体つき、ずる賢い年寄りじみた顔、着ている連合軍の上着はぱんぱんにふくれ、その下から汚れた素足がはみでているせいで鳩のように見えた。背中にしょっているのは空のブリキ缶、満杯のリュック、それにヒワを入れた鳥籠で、ヒワはまるで木の作りものみたいにぴくりとも動かなかった。

「彼女、どこいくの?」男の子が訊ねた。

「そのへんまで散歩。みんなまだ寝てるから起きるのを待ってるんだ」

アデルキは、同情するよとでもいうように顔をしかめてから、こういった。「うまくやれよ」

「なあに?」コスタンティーナがいった。

「だからさ、いったとおりさ」アデルキはいった。

「あたし、やみ屋やってんの」コスタンティーナがいった。

「で、おれはやってないって?」男の子がいった。「見ろよ」そしてリュックをからだの前にまわした。「全部アメリカ製だぜ、缶詰ならなんでもござれだ」

コスタンティーナは思った。《この子ったら、ほんとにしっかりしてる。こんな小さいのにやみで缶詰売ったりして。この子の両親はきっと満足だろうな》

つぎにこう考えた。《だったらこの子にひとつ、やみ屋の仲間うちでする質問をしてみよう、そしたらあたしがほんとにやみ屋だって分かってくれるわ》

コスタンティーナが訊ねた。「それでいくらはらったの?」

「ただき」アデルキは答えた。「ヒュー!」

口笛を鳴らし、ついでに小馬鹿にしたようなしぐさまでやってみせた。それにあわせてヒワも鳴いたが、アデルキは鳥籠をゴッンとやって鳥を黙らせた。

「それじゃ、それみんな売りもの？　それとも自分の食べる分はとっとくの？」

これ以上なにを訊いたらやみ屋同士の質問になるか、コスタンティーナには分からなかった。

「食べる分なんてないさ、食べる分は別にある、ただのがね」そういって空のブリキ缶をつかんだ。「連合軍キャンプの配膳所にいってならべばいいんだから」

《今度はヒワのこと説明してくれる番だわ》とコスタンティーナは思った。そこでこう訊ねた。

「それで、そのヒワは？」

「こいつは〈ようこそ〉って名前で、こうやって歩きまわるのに便利なんだ」

そしてなかから小皿をとりだすと、それを前に押しやり、施しを乞うように鳥籠をからだの前にまわし、いまにも泣きそうな顔をしてみせた。

「そんなことするの、あんた、お金のためだからって！」コスタンティーナはいった。

「いいか」といって、男の子は上着のかくしから、輪ゴムでくくった手垢まみれの札入れをとりだした。輪ゴムをはずし、ぎっしりつまった赤や茶色や緑がかったお札の束を見せると、それを数えはじめた。

「それみんなあんたの?」コスタンティーナは訊ねた。

「まあね」アデルキがいった。

《なんてすごい子なんだろう》コスタンティーナは思った。《こんな大金を稼ぐなんて……あたしもこんなだったらなあ》

「どうやったら金が稼げるか、教えてほしいか?」アデルキが訊ねた。

「うん、お願い」コスタンティーナはいった。

アデルキは道の先を見た。二人づれがやってくるところだった。するとアデルキはこういいだした。

「そこの塀の上にすわって、そうそこでいい、この足をこうして、そうそれでいい、動くなよ、胸をそらして、あそこを見て。このままじっとしててくればいい」

コスタンティーナはじっと塀の上にすわったまま、素脚に涼しい風があたり、三つ編みが耳の下をくすぐるのを感じていた。頭の上の大きなアカシアの木の葉陰もそのやさしい風にゆれていた。

その二人づれの男は〈ハッハ〉と〈ハナマガリ〉といって、いかがわしい商売をしながらあちこち旅をしているところだった。夜明けの空気を吸うことも、早朝の風景を目にすることも、かれらにはめったにないことだった。口笛を吹きながら二人は道をやって来た。二人とも、つば広の帽子をかぶったおしゃれな若者だった。ハッハはたくましく、全身をつかった身のこなしはしなやかだった。ハナマガリはやせていて、ばらばらの骨が直接皮膚にぶらさがってでもいるかのように、動くたびにからだをぎくしゃくさせていた。

「朝のさわやかな空気は健康にいいっていうじゃないか、ハナマガリ。きいたことないのか？」ハッハがいった。いつも笑っていた。口の端がつりあがっている上に、なんでもかんでも笑いとばせばいいと素直に信じていたからだった。「アッハッハ！」

「あぁ、ハッハ、田園の静けさよ！」ハナマガリはうっとりしていた。話すときはいつも裏声で、その上なんとも調子はずれのメロディを一言ひとことくっつけるのだった。リズムに合わせようと身ぶり手ぶりもよろしく、大まじめで唸るのだが、熱心になればなるほど嫌気がさしてきて、そうなるとなおのこと、そうした自分を嘲るようにますます真剣になってしまうのだった。ハッハは、笑いつづけながら、ほとんど同時にかれに和した。同じメロディを口ずさむしかないと観念しているのだ。

「あぁ、田園の甘美なる静けさよ！」ハナマガリが声をはりあげると、張りのないやせこけた顔がひきつれた。顔のまんなかに大きな軟骨質の鼻があった。鼻は顔の中心まできると右にまがり、頬骨の上で終わっていた。「あぁ、田園の素朴なる労働よ！　健康そのもの、ハッハ、健康そのものだよ！」

ハナマガリはサルファ剤と静脈注射を常用していた。骨のあいだに丸まってぶらさがっている内臓は、潰瘍を起こして腐りかかっていた。肺は、夜昼ポーカー三昧の店裏のもうもうとした煙を大量に吸いこむことだけには慣れていた。気管支はカタルでスカスカになっていたし、胃と腸の粘膜は酒のせいで酔っぱらいのぬるぬるしたヘビみたいで、しょっちゅう食事を抜くせいですっかり弱っていた。生殖腺はそれこそ細菌の巣になり荒れ果てていて、黴でびっしりだった。

ハッハのほうは、こういうことにはまったく無縁だった。生まれつき丈夫で、ハナマガリのからだを腐らせている細菌も、かれにはまったく歯がたたなかった。何リットル酒をがぶ飲みしても、めまいさえ起こらなかった。ときどき、急に吐き気が襲うぐらいのことだった。いかがわしい商売をして暮らしを立てていくためには、連れほど悪知恵がはたらかないものだから、ごたごたに巻き込まれるのはしょっちゅうだったが、笑いながらその場を切り抜ける術を知っていた。腕ずくでだれかれかまわず地面にのしてしまうのだ。

「あぁ、ハッハ！」

「あぁ、ハナマガリ！　アッハッハ！」

「あぁ、やるなぁおまえ！　なかなかやるじゃないか、ハッハ！」

「アッハッハ！」

コスタンティーナは二人が近づいてくるのをながめていた。二人ともほんとにおしゃれな若者だ。いったいこれからなにが起こるのかしら。アデルキはしばらく道をはなれて、あたりを点検してから、ひきかえしてきた。

「だいじょうぶ」かれはいった。「草地がある」

草地って、なにをするためなの。草地に人がいくのは草を刈るためで、やみ商売をするためなんかじゃない。あの二人、鼻のまがったのと、まがってないのと。でも鼻なんか、どんなでもいいのに。とにかくアデルキがどうするか、ちゃんと見とどけなくちゃ。コスタンティーナは笑いがこみあげてきた。わくわくして、ちょっと不安だった。

二人づれは遠くから、アカシアの木陰にいるコスタンティーナに目をとめた。先に見つけたハナマガリが彼女を指差した。

「なあ、おまえ、若いのが好みだろ、朝っぱらから野イチゴちゃんだぜ！」

ハッハはもう鼻息を荒らげていた。「どこだ、どこにいる？」

コスタンティーナのほうはやっと事情がのみこめたところだった。アデルキがあたしをここにすわらせたのは、あのふたりの気を惹いて、からかおうとしたからだ。そのすきになにか売りつけて一杯食わせるつもりなんだ。きっとあたしもふたりに冗談のひとつやふたつついわなきゃならないな。《ひとりは憂鬱そうで、もう一人は笑ってる》コスタンティーナは観察をつづけた。《ひとりは鼻がまがってて、もう一人はまがっていない。ハンサムなのはもちろん、笑ってて、鼻がまがっていないひとのほうだ》

アデルキは背中に荷物をしょったまま前にでると、かれらとうまく出会うように計算しながら歩いていった。コスタンティーナは動かずにいた。動いたら承知しないぞってアデルキがいってたもの。

「なあ、食前酒にあそこにいるあの娘はどうだ、ハッハ、えぇ？」

「おまえはどうなんだ、ハナマガリ、食前酒にあの娘ってのは、おまえはさ？」

「おれが駄目だってこと知ってるだろ、ハッハ！」

《いったい、なにがおかしいのかしら》コスタンティーナは思っていた。《からかわれたら、このひとたち、アデルキのいうことなんかきかないかもしれない》それなのに彼女もまたおもわず笑いだしていた。

アデルキはもう二人とすれ違うところだった。

「たばこ、アメリカたばこ」うつむいたまま、ぼそぼそつぶやいている。そうか、タバコを売りつけるつもりだったんだ。

「ほう、おれたちにアメリカたばこを売りたいんだとよ、きいたか、ハッハ?」ハッハは笑っていた。「アメリカたばこを、おれたちにってかい」

「いくらだい、それで?」

アデルキは相変わらずうつむいたまま、おずおずと値段を告げた。相手のふたりはあれこれ文句をつけたり、からかったりした挙げ句、大声で笑いとばした。するとアデルキは突然人が変わったように、ふたりの顔をにらみつけたあとで、言い訳でもするようににやっと笑った。そして親指でうしろを差しながら、なにやら小声でいっていた。

《たぶん今度はあたしのこと話してるんだ。いよいよあたしの出番てわけね》コスタンティーナはこう自分にいいきかせると、さりげなくあらぬ方をながめていることにした。

要するに彼女にしてみれば、これも結構気に入った遊びだったというわけだ。いったい今度はあたしのこと、なんていって話してるんだろう、アデルキったら！

「それで」アデルキはこういったのだった。「気に入ったかい、おれのいとこは？」

ふたりはころっと態度を変え、にわかに関心を示すと、改まったような態度になった。ハナマガリは皮肉っぽく、ハッハは大胆で熱心になった。

「教えろよ、歳は幾つなんだ？　え？」

アデルキは気がすすまないといった様子で答えた。ほんの少し前コスタンティーナにはこういっておいたからだ。「おい、だれかに訊かれたらヴァージンだっていうんだぞ」「だって、あたしヴァージンだもの」コスタンティーナはそう答えていた。なんでそういってほしいのか分からなかった。どっちだってかまわないけど、わざわざいうようなことじゃないと思ってたわ。

「さあ、いいからあっちにいってろよ」そういったときのアデルキって、ほんと感じ悪かったわ。コスタンティーナは苛立ちはじめていた。

ちょうどアデルキはふたりにそのことを告げたところだった。ハッハは本気にしようとしなかった。他人のいうことなど絶対信じちゃいけないことは分かっていた。「そんなわけないだろ、え、ハナマガリ？　考えてみろよ！」

「どうしてだよ？　ある時まではみんなそのはずさ、そうだろう？」ハッハより抜け目のないハナマガリは、真剣なのかふざけているのか分からない薄笑いを浮かべて、こういった。

かれらはもうコスタンティーナのそばまで来ていて、コスタンティーナのほうはそれをながめていた。アデルキったら、あたしがどんなふうにしたらいいか、ちっとも説明してくれなかった。

「高い！　そりゃ高い！」陽気にはしゃいでいるほうがしゃべっている。「そう思うだろ、ハナマガリ？」

「高いな」

しかしハッハは、物事なんてみんな笑いとばせばいいと思っていた。値段も、歳も、約束も。はしゃぎ屋のほうはとてもハンサムだ。つやつやした額にひきしまった血色のいい頰、笑うと口のまわりにはエクボができるし、鼻筋も通っている。こっちにウィンクしてる。

「さあ」ハッハがしゃべっていた。「ハナマガリ、食前酒にどうだ、朝摘みのイチゴちゃんだぞ、こりゃあ、おまえの仕事だ、ハナマガリ、いけよ」

コスタンティーナは、仕事ってなんだろうと考えていた。食前酒だの、イチゴちゃんだの。やせっぽちのほうが、指の長い骨ばった両手を突きだして、駄目だといっていた。「それが医者に止められているのさ」やせっぽちがしゃべっている。「たばこも駄目だし……」

《ああ》コスタンティーナは思った。《まださっきのタバコのこと話してるんだ》

ハナマガリの額はせまくて、くぼんだ眼窩《がんか》のまわりをわずかに骨が取り囲んでいるだけだった。そしてその眼窩の奥に、腫れぼったいまぶたにかくれて真っ赤に充血した目があった。大きな鼻は顔の真ん中まではまっすぐだが、そこから二手に分かれて、一方は下に、一方は右にかしいでいた。それでこもった声になるのだ。唇がめくれあがっているせいで、口元から出っ歯の虫歯がのぞいていた。こけた頰にはぷつぷつ吹き出物ができていた。それに黄色いスカーフからとびでた首は、のどぼとけがやけに目立って七面鳥みたいだった。

はしゃぎ屋さんのほうは笑ってる。いつでも少し不安そうに笑ってる。ふさぎ屋さんのほうはあの腫れぼったいまぶたを上げて、憂鬱そうなまなざしであたりを見ている。

ふさぎ屋さんの目は暗い灰色だ。

はしゃぎ屋が進み出て、コスタンティーナにいった。「おいで、かわいこちゃん」そして踊りに誘うときのように彼女の手をとると、こういった。「それ！」娘は塀から飛び降りた。

《そうか》コスタンティーナは考えていた。《あの子はふさぎ屋さんと話があるんだ、それではしゃぎ屋さんは、そんな話を聞いててもつまらないから、あたしと一緒に散歩に出かけるんだ！》

片手で相手を制してアデルキがいった。「その前にかたをつけよう」

そういわれてハッハは財布に手をやった。

《そうか、はしゃぎ屋さんのほうは買い物がすんだんだ。それでこっちにくるんだ》コスタンティーナはこう考えなおしていた。

ふさぎ屋は曲がった鼻にじゃまされながら、例の憂鬱そうな暗い灰色の目で彼女を見つめた。ふさぎ屋さん、ふさぎ屋さん。行くならふさぎ屋さんと一緒のほうがいいのに、とコスタンティーナは思った。だが腕をからませて、人目のない茂みの陰に連れていこうとしたのは、はしゃぎ屋のほうだった。

道にはアデルキとハナマガリが残った。

「あの娘のあんたを見る目を見ただろ」アデルキがいった。「お次はあんたがうまくやる番さ」

ハナマガリはタバコを一本取りだすと、半分に折った。まるごと一本吸うのはからだに悪いからだ。そしてズボンのまっすぐな折り目をつまんで、塀の上にすわった。やせ細った脛のあたりでたるんでいる穴だらけの縞の靴下が丸見えだった。この生意気な少年はかれをいらいらさせるばかりだった。《かわいがってやるから待ってろよ》

「おれをみてただって?」いわくありげに男はいった。「あの娘も、とはな!」

そしてアデルキの耳元に顔を寄せ、早口でいった。「……女どもはみんなそれを知ってるからな!」

「なんだい、なにをだい?」アデルキは用心しながらたずねた。

「……それに知らなくったって分かるらしいんだな。どうやってだか知らんが、勘がはたらくのさ……」さもいわくありげに話をつづけながら、ハナマガリは、せわしなくタバコをふかしていた。

少年はまるめ込まれたりはしなかった。「なるほど、そうか」と相槌を打ちながら、相手の出方をうかがっていた。

「おれより醜いやつなんて、この世の中にいるもんか、ちがうか?」ハナマガリはしゃべりつづけていた。「ところがだ、いいか、女どもはみんなおれに色目をつかう、まるでそれが顔に書いてあるみたいにな。おい、どう思う?」

「さあ、ひとそれぞれだからね」したたか者のアデルキは、危ない橋を渡る気はなかったので、どうともとれる返事をした。だが事の真相が知りたくて耳をそばだてていた。

「おれをほっといてはくれないのさ。女どもはみんな知ってる。ひとづてに伝わるのかもな。それが顔に書いてあるみたいにな。それがなんだか分かるか?」

「なんなのさ!」アデルキは好奇心をおさえきれずにいった。

ハナマガリは口に手をやると、声をひそめていった。

「おれがノアみたいだってことさ……!」

アデルキはいった。「ふうん」

ハナマガリは苦虫を嚙みつぶしたような顔だった。いったいなんてガキだ、こいつは? 咳ばらいをして話をつづけた。「どうみたって見かけは悪いし、鼻もまがってる。頭のてっぺんから足のつまさきまで見事なくらいぼろぼろだ。それでも女どもはおれに恋をする。おれがノアみたいだからさ！」

これでも駄目か、このガキには。ハナマガリは指の関節をボキボキ鳴らすと、アカシアの小さな葉っぱに透ける澄んだ空を見あげた。それから不意に、またアデルキのほうにむきなおった。

「ノアがどんなだったか知ってるか？」

そのとき少年は、かれがそれを教えてくれないのではないかとあきらめかけているところだった。今だ、それが知りたくてうずうずしてるんだと正直に打ち明けるのは、そうして生意気ぶるのはやめにしよう。かれはいった。「おれが？　そりゃあ！」

ヒワがするどい鳴き声をあげた。アデルキは鳥籠にげんこつをくれた。

「さてと」ハナマガリはいった、「おまえがそれを知ってるんなら、これでこの話はおしまいだな」

それでアデルキは口をつぐむほかなくなってしまった。

ハッハとコスタンティーナは、鉄道線路を見下ろす、草もまばらな急斜面の崖に出た。戦争が終わったばかりで列車はまだ走っていなかった。線路のむこうに、ぼんやりかすんだ海がひろがっていた。娘は目をしばたたかせた。足の裏に田舎の土を感じると、商売の儲けだの損だのといったことはみんな忘れてしまった。恋人同士のように若者の腕にからだをあずけたまま、海のほうへ歩いていった。

どうすればいい、ハッハ？　唄を歌おう！　ヤクザなかまの唄が口をついて出た。♪とびきり上玉みつけたら　♪そいつに一発くらわして　♪しけこみゃいいさ

二人は草の上に腰をおろした。前方に海と砂利の上のレールが、背後にはスクラップの山と塀と鉄線が雑然となっていた。ハッハはつばのたれさがった帽子を脱ぐと、それを指にかけクルクルまわして放り投げた。汗の玉が白く光る額に、帽子のあとがうっすら赤い筋になっていた。そしてきれいに整えられたやわらかな髪がつやつや光っていた。なめらかで張りのある肌、うるんだ目。そして例の微笑みを絶やさないようにして妙ちくりんな唄を歌っているものだから、エクボが見えたり消えたりするのだった。♪山賊、追い剝ぎ、マヌエロ　♪ひっかけるならざこにしな　♪刃のあるやつにゃあ気をつけろ！

この分なら今日はなにかいいことがありそうだ、とコスタンティーナは思っていた。線路わきの草原に海、稼ぎ方を教えてくれる抜け目ない子ども、草地の真ん中にすわって唄を歌ってくれるハンサムな若者たち。

突然ハッハが唄をやめ、キスしてきた。むきなおると、片手を胸に、片手を背中に、そしてガブッ！　かみつくみたいにしてかれの口が彼女の口をとらえた。しかしコスタンティーナは承知しなかった。相手の額とあごに手をかけて、両手で突き飛ばした。

「いや！」彼女は叫んだ。「なにすんのよ？」

男は顔色も変えず娘をみつめると、笑い声を立てた。そしてまた娘に覆いかぶさっていった。コスタンティーナは逃げだした。

草の生えた急斜面を転がるようにして走っていくと、背後から、愉快で仕方がないとでもいうように笑いながら、ドスンドスンとハッハが追ってくるのが聞こえてきた。ほら、笑い声を立てるたびに、かれの息づかいがどんどんはっきりと近づいてくる。ほら、もう、すぐうしろ、手が届きそう。コスタンティーナは線路の上に跳びあがり、レールのあいだを走った。

「ハッハ！」相手はあえいでいた。「なにするんだ、汽車ごっこか？」

「今のはなしよ！」コスタンティーナはいった。「今みたいにあたしに追いついちゃうのはなしよ。足は片方ずつ、まくら木にのせるの、まくら木のあいだは踏んじゃだめ」

しかしかれのほうはひと跳びで二本まくら木を跳ぶのに、彼女は一本しか跳べなかった。

「今のもなし！」コスタンティーナはもう一度いった。「レールの上で綱渡りしようよ！　砂利に足がついたら一〇歩うしろにもどるのよ！」

彼女が片方のレールに、かれがもう片方にのり、ふたりは綱渡り競走をはじめたが、これもハッハのほうが上手だったので、今度はむかい合ってバランスをとりながら、両手で突き合いっこをはじめた。コスタンティーナはバランスを失わないように気をつけながら、相手を押して足を地面につかせようとした。「じゃ・り・に！　……つ・い・た！」ハッハはずっと笑っていたが、いつまでやってもキリがないので飽きてきてしまった。そこで彼女の両の手首をつかまえて引き寄せると、片腕で抱えあげて草地の真ん中までいくと、塀の上でおろした。

「いやあよ！」コスタンティーナは叫んでいた。

ハナマガリはせわしなくタバコの煙を吐きだしながら、調子はずれのメロディを唸っていた。叫び声が聞こえると、ふうっと大きく煙を吐いて、あくびをした。

隈のできた赤い目に朝の光が世界のゆがんだ顔をさらしていた。舗装道路の上に顔をだすぬるぬるとした泥まみれのミミズ、手足をもぎ取られ白い腹を見せて死んでいるバッタ、斑点のある肉厚の花弁の縁から色あせためしべを差しだしているマムシグサの花。世界はみんなそんなふうにみえる、そしてその真っ只中にかれが、サルファ剤と静脈注射をやりつづけ、肉もすっかり削ぎおちて注射液で膨れ上がってすわることもままならない、かれがいた。

ハナマガリは指の関節を鳴らした。手のひらだろうと手首だろうと、あげくは肘まで、ハナマガリのからだはどこでも鳴るのだった。アデルキは、抜かりなく客から片時も目を離さない宿屋の主人のように、かれのまわりをうろついていた。

《ばーか》ハナマガリは思っていた。《おまえくらいの歳なら、おれならおれみたいなやつは鼻もひっかけないぜ、若い娘を世話するなんてとんでもない。商売だ、まぬけなボウヤ、商売しろよ。それでどうにか商売がうまいことといったとして、まぬけなボウヤ、なに買うつもりなんだい、ビー玉かい?》

「ビー玉もってるか?」

黙ったまま少年は、ぼろきれやゴムや食器の類がごたまぜになったリュックをひっかきまわしはじめると、赤や青の石のビー玉を幾つかと、緑と黄色のうず巻き模様がはいったガラスのビー玉をひとつ、取りだす。うまい具合にビー玉なんかもっていやがる。

もしかしたら売りものなのかもな。

「やり方は知ってるの？」

「さあ、ビー玉でもやるとするか。あのふたりなら、まだ当分帰ってきやしねえ」

そのふたりはさっきから草の上に横になっていた。ハッハはコスタンティーナの腰に手をまわしていた。コスタンティーナは目を伏せて地面を見ていた。三つ編みがうつむいた顔にかかっていた。急に胸がどきどきして呼吸が荒くはやくなってきた。男の子たちと取っ組み合いの喧嘩をするのが嫌だったことなんて一度もなかった。牧場や干し草置き場をもがきあいながら転がっているとからだのなかを血がとっくんとっくん流れだして、おっぱいがふくらんで固くなる。でも、こうしていつも笑っている若者といると、いつもの感じに、なんだか感じたこともない不安な気持ちが入り混じってくる。たぶん、安心させたり不安にさせたりしてるのはこのひとだ。でなければ、この人気のない線路わきの草むらのせいだ。草のなかから、卵の殻のかけら、薄汚れた紙切れ、ふちのかけたガラス瓶、それに鋲の抜けた靴底なんかが地面にとびだしてるせいだ。

アデルキとハナマガリのほうはビー玉遊びをしていた。塀の前の砂地に小さなマルを描いて、そこからビー玉を指ではじいて転がすのだ。

アデルキが聞き耳を立てた。「笑い声がする」少年はいった。

「あいつはいつも笑ってるのさ」ハナマガリがいった。タバコの煙が黒ずんだまぶたのあたりまで漂っていた。

「どうして?」アデルキは真顔で訊ねた。

「さあな」ふさぎ屋のハナマガリはいった。「なんでもかんでもおかしいんだろ」

ハナマガリはあの節くれだった骨ばった指でビー玉をはじきとばしていた。かれのほうがうまいのは目に見えていたが、アデルキはどんなずるい手でも知っていたから、やり込めるのは無理な相談だった。それにハナマガリはしょっちゅううわの空になるので、アデルキはこれさいわいと自分のビー玉を押してずるをしていた。

「だれか叫ばなかったか?」ハナマガリはそういって顔を上げた。「叫んだのはあの娘のほうじゃないか?」

「つづけようぜ」いいながらアデルキにはビー玉しか目にはいっていなかった。「あんたの番だ」

ハナマガリは目をきょとんとさせ、関節をねじで止められたように腕を直角にまげると、操り人形のまねをはじめた。「ああ、小鳩ちゃん! うら若い小鳩と飢えたハイタカ！」

アデルキは、目を伏せてうつむいたまま、訳知り顔の老人のような微笑みを浮かべていた。

「いいんだぜ、値段は知ってるだろ、お望みならあとで、さっきいったみたいにさ……」

ハナマガリは親指と人差し指でまるをつくると、まるから五〇センチもビー玉をはじきとばしてしまった。

「どういうつもりだい？」アデルキが訊ねた。

ハナマガリが怒っていたのは、自分も子ども同士がやるように、勝ったほうが負けたほうのビー玉をせしめるという遊びがしたかったのに、アデルキが、そんなやり方じゃだめだ、一〇〇〇リラ札を賭けなくちゃ、といって、例の紙ばさみのような札入れを取りだしたからだ。それでハナマガリは手持ちのとぼしい一〇〇〇リラ札をポケットから出すことになり、アデルキがそれを次から次へと巻き上げはじめたというわけだ。ハッハはいつになったら帰ってくるのか分からなかった。さっきから笑い声も聞こえなくなっていた。

事実ハッハの笑いは止まっていた。

「いい子だから」かれは繰り返していた。口の両端のしわをふるわせ、目は大きく見開いていた。「じっとしてろ、投げるなって、どうかしてるぞ、なにするんだ、頭に、石……」

コスタンティーナはまた線路の真ん中にいた。石を一個投げつけたが、もう少しのところであてそこなったのだ。今度は片足でバランスをとりながら、手には次の石をにぎっていた。ハッハは線路わきの斜面の上で、両腕で頭を守る姿勢のまま、前に進むべきか逃げるか決めかねていた。

「一歩でも近づいたら、投げるから……」コスタンティーナはいった。

「そんな、おまえどうかしてるぞ？　なあ？　どうしちゃったんだ？　話はついてたはずじゃないか？　おれはおまえのいとこに、有り金はたいたんだぞ、ええ？　ヒィ！」石がものすごい勢いで片方の腕に命中した。娘は頭だけをねらっていた。ハッハは肘をからだに引きつけて、悲鳴をあげながらうずくまった。

「なんだ、叫び声をあげてるのは娘のほうじゃないな……」ハナマガリが顔を上げた。「どうやらあいつのほうらしい……」

アデルキはおもわず跳び上がったが、気をとり直して、ビー玉を引いた。「さあ、つづけようぜ」男にいった。「あんたのが先だ、さあ、うまくやれよ」

「ヒィーッ！　助けてくれ！」ハッハは、石が雨あられと降ってくるなかで叫んでいた。田舎育ちの小娘がねらいを定めて力一杯投げつける線路の砂利が、脛に、胸に、腹に、槍刀となってふりそそいでいた。石がひとつ額をかすめた。さわってみると血が出ていた。「助けてくれ！　もうやめてくれ！　もうなにもしないから！　投げるのはやめてくれ！　もう指一本ふれないから！　近づかないから！　海岸まで行かせてくれよ、ハンカチをぬらすだけだから」

コスタンティーナは石の攻撃を中断した。ハッハは顔を上げる勇気もなく、からだを折りまげるようにして、娘が石を投げないか気にしながら、娘からたっぷり距離をとって線路を越え、海に下りると、ひざまずいて波打ち際にハンカチを浸して傷をぬらした。三つ編みの娘はそのまま線路に残って、じっとかれを見下ろしていた。手にはまだしっかりと石をにぎっていた。

ハッハは額の傷の手当てを終えると、あちこちからだをさすってみた。少しは怖い思いをしたが、いまはもうすっかり忘れていた。そこいらじゅうあざだらけになったが、大した怪我はない。それにしても、なんてやつだ、あの娘ときたら。「しかしなあ、大したタマだよ、おまえはさ。ええ？　なにがあったっていうんだ？　おれを殺しかねない勢いだったじゃないか！　けどな、なんで前もっていっといてくれなかったんだ？　いやならいやでそういえただろうに？　まあ、せいぜいそうやって頑張るんだな！」こういうとまたあの笑いがはじまった。最初は小さく、だんだんに大きな声で、「アッハッハ！」こうやって笑いながら、コスタンティーナからも石の射程距離からも離れながら、道のほうへと上っていった。

「また笑ってるぞ」ハナマガリがいった。勝負はついていた。アデルキの勝ちだった。ハナマガリは少年にむかってひらいた手を差しだした。「さあ、こっちによこしな」ふざけた調子でこういった。

「なんのつもりだい？」

さっきから金に目をつけていたのだった。

「その一〇〇〇リラ札、残らずこっちによこしな。いままでのは冗談だ。なんだと思ってたんだ？」

「冗談じゃないぜ。遊びで賭け事するなよ。欲しいならビー玉くれてやる。ほら」

手のひらにビー玉がおかれた。あの石のビー玉と緑と黄色のうず巻き模様が入ったガラスのビー玉だ。ハナマガリは大きな鼻からため息をもらすと、灰色の目をまんまるにしてビー玉をポケットに入れた。そして外套のポケットの底でビー玉をもてあそんでいた。

ハッハがふたたび道にすがたを現わした。少し沈んでいた。手をポケットに入れ、帽子をおろして額をかくしてこちらにむかっていた。ふたりはむきなおってかれを見た。口の端はいつもの上向きにもどっていた。また大笑いをはじめると、喉がごろごろいった。「それで？」ハナマガリが訊ねた。「どんな具合だった？」

「はあ？　訊くかね？　どんな具合だったかなんて訊くのか、おれに、ハナマガリ？　おまえが考えていたとおりさ！　大成功！　大成功に終わったよ、おっさん、大成功さ、アッハハッハ！」

「だからきっと満足するっていっただろ」アデルキは一瞬ためらった後、例のもったいぶった態度を取り戻してこう答えた。

コスタンティーナのほうも、また道にすがたを現わしていた。三つ編みを垂らし、両手は背中にかくしていた。ハッハは娘を見ようとしなかった。ハナマガリが帽子をとり、恭しく挨拶を送った。娘は立ち止まるかにみえたが、さっと身をひるがえすと、そのまま走りだした。野ウサギのように逃げていくと、すっと曲がり角に消えた。

「おい！　おい！　あんた！　彼女！」アデルキは叫んだ。「どこいくんだ、彼女！　逃げるなよ！」そしてあとを追って駆けだそうとした。

ハナマガリがそれをとめた。「いかせてやりな、大将。きっと肝をつぶしたんだろう。ハッハがびっくりさせたのさ。あの乱暴者に森のイチゴちゃんだ、いったいなにをやらかしたことやら」

「イチゴちゃん」ハッハは笑った。「どんなもんだか知ってるよな、おまえなら、イチゴちゃんてさ」

アデルキは、彼女が逃げたって、金はすっかり自分の手もとにあるんだし、ほっとけばいいや、と思った。「それでは皆様」別れのしるしに二人にこういった。「うまくやれよ、あんたたちもな」

ハナマガリはなにか問いたげな視線をハッハにむけた。それから少年のほうにあごをしゃくった。アデルキはなにか厄介なことになりそうだと気づいて、一歩あとずさった。だがそのときにはもうハッハの大きな二本の手につかまっていた。「助けてよ！　インチキだ！」

二人づれはポケットといわずリュックといわず、かれの持っていたものすべてを地面にぶちまけ、一〇〇〇リラ札の包みを見つけると、まるでトランプのカードでも切るみたいにして、それを二つに分けると、半分ずつとった。鳥籠の底がぶち抜かれ、ヒワが逃げていった。アデルキはお尻を蹴られ、三メートルもむこうに飛ばされた。

二人づれは遠ざかっていった。ひとりは痣のできた脛を引きずりながら、もうひとりは憂鬱な痛みのせいで用心しながら足を運んでいた。

「あぁ、ハッハ！」

「あぁ、ハナマガリ、アッハッハ！」

「あぁ、おまえは大したやつだ、大したやつだよ、ハッハ！」

（Va' così che vai bene, 1947）

魔法の庭

ジョヴァンニーノとセレネッラは線路を歩いていた。下には一面、ふかい青と明るい空色のうろこ模様の海、上にはうっすら白い雲のたなびく空。レールはきらめき、灼けそうに熱かった。線路を歩くのは楽しいし、遊びだっていろいろできた。片方のレールに男の子が、もう片方に女の子がのって手をつなぎ、釣り合いをとりながら歩いてみたり、砂利に足をつかずに枕木から枕木へ跳び移ったりするのだ。ジョヴァンニーノとセレネッラは蟹採りの帰り道、今度はトンネルのなかまで線路を探険することにした。セレネッラと遊ぶのは楽しかった。ほかの女の子たちのように何でも怖がったり、ちょっとからかっただけで泣きだしたりしないからだ。「あそこへ行こうぜ」とジョヴァンニーノがいえば、セレネッラはいつだってぐずぐずいわずについてきた。

ガシャン！　ふたりはどきっとして上を見た。信号機の先端で転轍器の円盤が跳ねたのだ。嘴を突然閉ざした鉄製のコウノトリみたいだった。ふたりはしばらく顔を上げたままみつめていた。ちぇっ、見逃しちゃった！　転轍器はもう動かなかった。

「汽車が来るぞ」ジョヴァンニーノがいった。

セレネッラはレールに突っ立ったまま訊ねた。「どこから?」

ジョヴァンニーノは訳知り顔であたりを見まわした。かれが指差したトンネルの黒い穴が、道の石から立ちのぼる見えない蒸気のゆらめきのむこうで、澄んだり曇ったりして見えた。

「あそこからさ」かれは応えた。早くもトンネルのなかからくぐもった蒸気音が聞こえてくるようで、いまにも突然目の前に、煙と炎をはきだし、情け容赦なくレールを車輪がたいらげながら、汽車が迫ってくるような気がした。

「どこへ行こう、ジョヴァンニーノ?」

海側には、肉厚の毒針が放射状についた大きな灰色の竜舌蘭があった。山側には、花のついていないサツマイモの生け垣が葉をたわませ連なっていた。汽車の音はまだ聞こえてこなかった。たぶん機関車の火を落として音を立てずに走ってくるから、出し抜けにふたりの前に飛びだしてくるはずだ。だがそのときにはジョヴァンニーノのほうは生け垣に狭い通路があるのを見つけていた。

「あそこだ」

蔓の下の生け垣は、倒れかけた古い金網だった。その一か所が、本のページの角のように地面からめくれあがっていた。ジョヴァンニーノのからだはもう半分くらい隠れていて、むこう側にすり抜けようとしていた。

「手を貸して、ジョヴァンニーノ!」

どこかの庭の一画に出た。相手の顔を見ると、ふたりとも花壇を這ってきたものだから、髪の毛に枯れ葉や土くれがいっぱいついていた。あたりには物音ひとつなかった。葉音ひとつしなかった。

「行こう」とジョヴァンニーノがいうと、「うん」とセレネッラが応えた。

肌色のユーカリの老大木が並び、その間を縫うようにして砂利を敷いた細い並木道が走っていた。ジョヴァンニーノとセレネッラは足元の砂利が軋まないように爪先立って歩いていった。でもこの庭の持ち主たちがやって来たらどうしよう?

なにもかもが素敵だった。ユーカリのたわんだ葉むらと空の切れはしとがつくりだす、はるか頭上の細い円蓋。ただあの不安だけがたちこめていた——この庭はぼくらのものじゃない、だからすぐにも追いだされることになるかもしれない。けれど物音は何ひとつ聞こえなかった。曲がり角のヤマモモの茂みからスズメが飛び立ち、さえずり合った。そしてふたたび静寂がよみがえった。もしかしたら見捨てられた庭なのだろうか?

しかし大きな木々の日陰はあるところまでいくと途切れ、ふたりはまた空の下に出た。正面には手入れの行き届いたアサガオとヒルガオの花壇がひろがり、広い並木道に沿って柵がめぐらされ、ツゲの樹檣《じゅしょう》が並んでいた。そして庭の高台には大きな屋敷があって、窓からもれる灯りでカーテンが黄色や橙色に染まっていた。

そして人影はまったくなかった。ふたりの子どもは砂利を踏みしめながら用心深く上がっていった。もしかしたら今にも突然パタンと窓が開け放たれ、怖いおじさんやおばさんがテラスにすがたを現わし、大きな犬たちに道をそこいらじゅう追いかけまわされるかもしれない。ふたりは下水溝の傍に手押し車が一台あるのを見つけた。ジョヴァンニーノは把手をつかむと押しはじめた。車輪が一回転するたびに口笛のような軋みをたてた。セレネッラが上に乗ると、ふたりは黙って進んでいった。ジョヴァンニーノはセレネッラを乗せた車を押して、花壇の傍を通り、噴水の横を進んでいった。

「ほら、あれ」セレネッラはときどき何か花を指差しながら小声で話しかけてきた。するとジョヴァンニーノは車を置いて、その花を摘んできてセレネッラにやるのだった。それがもう綺麗な花束になっていた。でも生け垣を越えて逃げるときには、きっとみんな捨てていかなければならないんだ！

こうしてふたりは空き地のようなところに出た。砂利道が終わり、コンクリートとタイルで舗装されていた。そしてその空き地の真ん中にぽっかり大きな矩形が開いていた。プールだった。ふたりは縁までいってみた。碧いタイル張りのプールが、縁まであふれそうなくらい澄みきった水をたたえていた。

「飛び込もうか?」ジョヴァンニーノがセレネッラに訊ねた。いきなり《それっ!》といわずにわざわざ訊ねたのは、きっとかなり危険だという徴《しるし》にちがいなかった。でも水が碧々と澄みきっているから、セレネッラはちっとも怖くなかった。手押し車から降りて、花束を車に置いた。ふたりともさっきから水着姿だった。ついさっきまで蟹採りにいっていたのだ。ジョヴァンニーノが飛び込んだ。飛び込み台からだと大きな音がたつかもしれないので、縁からだ。目を開けていくら下に潜っても、見えるのは碧い水ばかり、両手がピンク色の魚みたいだ。海水のなかだと、ゆらゆら黒ずんだ緑色の影になるのに。ピンク色の影がひとつ、頭の上に。セレネッラだ! ふたりは手を取り合うと、頭一つ分だけ浮き上がった。すこし不安だったのだ。いや、だれも見張ってなんかいやしない。思ったほど楽しくはなかった。心の底に絶えずもやもやした不安のようなものが澱んでいて、みんな他人のものなのだから、いつ何時、出てけといわれて追いはらわれたって仕方がないと思っていた。

水から上がったふたりは、プールのすぐ傍に卓球台があるのを見つけた。すかさずジョヴァンニーノが球を打った。素早く反対側にまわったセレネッラが球を打ち返した。そうしてふたりは、屋敷のなかに聞こえないように軽く打ち合いながら卓球をつづけていた。急に球が高く弾んで、それを打ち返そうとしてジョヴァンニーノが遠くに飛ばしてしまった。蔓棚の支柱の間に吊してあったドラが鳴り、こもった音がしばらく響いた。ふたりの子どもはキンポウゲの花壇の陰にうずくまった。たちまち白い上着の召使が二人、大きなお盆を持ってやって来て、黄色と橙色の縞模様のパラソルのしたの丸テーブルにお盆を置くと、引き揚げていった。

ジョヴァンニーノとセレネッラはテーブルに近づいた。紅茶とミルク、それにスポンジケーキがあった。あとはテーブルについて食べるだけだった。二人分の紅茶を注ぎ、ケーキを二切れとり分けた。だがふたりともうまく座れなくて、椅子の縁に乗って脚をブラブラさせていた。それにお菓子の味もミルク紅茶の味も分からなかった。その庭にあるもの全部がそうだった。美しいのに味わうことができないのだ。これは運命のいたずらにすぎないのではないか、すぐにでも釈明をもとめられるのではないか、そんな窮屈な感じと不安とがつきまとって離れないのだ。

足音を忍ばせてふたりは屋敷に近づいていった。鎧戸の格子の桟を透かしてふたりがなかを見ると、そこは綺麗な部屋で、薄明かりのなか、壁いっぱいに蝶のコレクションが飾られていた。そしてその部屋のなかに青白い少年がいた。きっと屋敷と庭の持ち主にちがいない、仕合わせものだ。デッキ・チェアに腰掛け、挿絵入りの分厚い本をめくっていた。華奢な白い手をしていて、夏だというのに立ち襟のパジャマを着ていた。

桟ごしに少年の様子をうかがっているうちに、ふたりの子どもの動悸も少しずつおさまってきた。事実その裕福な少年は本の頁《ページ》を繰りながら、ふたりよりもっと不安そうにそわそわして周囲を見まわしているようにみえた。そしてまるで今にもだれかが自分を追いはらいにやってくるのを怖れてでもいるかのように、立ち上がって背伸びをした。まるで、その本も、そのデッキ・チェアも、あの額に入れて壁に飾った蝶たちも、そして噴水におやつにプールに並木道つきの庭も、なにか大きな手違いで自分に与えられているだけなのだと思っているようだった。だからかれには味わうことができなくて、ただその過ちの苦渋を自分の罪ででもあるかのように我が身に引き受けて咬みしめているだけなのだ。

青白い少年は薄暗い部屋のなかを忍び足でまわりながら、その白い指で蝶がちりばめられたガラスケースの縁をいとおしげになぞっていたが、時折立ち止まって耳を澄ましていた。ジョヴァンニーノとセレネッラのおさまっていた動悸が前より激しくぶりかえしていた。なにやら魔法のようなものが、その屋敷と庭に、ありとあらゆる美しく心地よいものたちに、昔犯した悪事かなにかのように重くのしかかっている、そんな恐怖がたちこめていた。

雲で日が陰った。ジョヴァンニーノとセレネッラはひたすら押し黙ってその場を離れた。もと来た細い並木道を急ぎ足で、だがけっして走らず引き返した。そして金網をくぐってあの生け垣に出た。竜舌蘭のあいだに一本、浜辺につづく小道があった。その短い砂利道に海藻が積み上げられ、海辺までつづいていた。そこでふたりはとびきり楽しい遊びを考えだした。海藻で戦争ごっこだ。ふたりは日が暮れるまで海藻をつかんでは相手の顔めがけてぶつけあった。収穫はといえば、セレネッラが一度も泣かなかったことだ。

(Il giardino incantato, 1948)

猫と警官

しばらく前から町では隠しもたれている武器の掃討作戦がはじまっていた。警官たちは、被ればだれでも無個性で非人間的に見える革のヘルメット帽をあたまに、次々とパトカーに乗りこみ、サイレン鳴らして下町めざして飛びだしてゆき、そこかしこの職人や労働者の家へと駆けつけては、引きだしのなかのシャツやシーツをひっかきまわしたり、ストーブの煙突をはずしたりするのだった。ここ数日というもの、警官バラヴィーノは胸のはり裂けそうなつらい思いにさいなまれていた。

バラヴィーノはつい最近警察に入隊するまで失業者だった。一見平穏で活気にあふれたこの町の奥底にひそむ秘密についてかれが知ったのも、だからつい最近のことだった。通りに沿って建ちならぶコンクリート塀の内側に、町はずれの囲繞地に、薄暗い地下室に、不気味にひかる武器の密林が、ヤマアラシの針のように、監視の目を光らせ横たわっているというのだ。機関銃の鉱床や弾薬の地下鉱脈が噂されていた。塗りこめたドアの奥の一室に大砲を隠している者がいる、という話もあった。微量の金属含有物が鉱床接近の手がかりとなるように、マットレスに縫いこまれた拳銃や床下に埋められた小銃が、町の家々から次々発見されていった。警官バラヴィーノは仲間のなかに混じっていても落ち着かない気分だった。マンホールやごみの山の一つひとつが得体の知れない不気味さをたたえているように思えるのだ。つい隠された大砲のことに思いがいって、それが幼いころ暮らした家のりっぱな客間にあるのではないか、あの部屋も、もう何年も何十年も閉めきられたままだ、などと思いがひろがってしまうのだった。レースのかかった色あせたビロードのソファーのあいだに大砲がある、絨緞のうえには泥だらけの車輪、シャンデリアすれすれの砲架、あんまり大きくて客間いっぱい、ピアノにはこすり傷がついている。

　ある日の夕方、警察は労働者たちの住む界隈に急行し、一軒の家を包囲した。さびれた感じの大きな建て物だった。ひしめきあう人間たちを支えるあまり、床や階段はゆがみ、床や階段そのものまでが、たことかさぶただらけのがさがさの老人の肉体になってしまったみたいだった。

　ごみの入ったたるで足の踏み場もない中庭を囲むようにして、バルコニー風の回廊にとりつけられた錆びてまがった鉄製の手すりが各階ごとにはしっていた。くたびれた服がその手すりにも、手すりにわたされたひもにもかけられている、回廊の内側にはガラスのかわりに木を打ちつけたフランス窓がならび、そこからストーブの黒い煙突が何本も突きでている、回廊の突き当たりには外壁のくずれた塔のような手洗い小屋がつみかさなっている、どの階もみんなこんなふうだった。そして階と階のあいだには中二階の小窓が一列にならび、そこからミシンのまわる音とスープの湯気が、てっぺんまで、屋根裏部屋の鉄格子、ゆがんだひさし、オーブンのように開けられたつぎはぎだらけの屋根窓まで、とどいていた。

すりへった階段の迷路が、無数に枝わかれしたどす黒い静脈のように地下室から屋根までこの年老いた家のからだを貫いていた。そして思い思いの方向にひろがる階段のうえには中二階と雑居アパートのドアがならんでいた。警察官たちは警官特有の陰気な足音をひびかせながら階段をのぼってゆき、それぞれドアに記された名前を読みとろうとしていた。そしてよく音の響くあの回廊を、子どもたちやぼさぼさ頭の女たちが顔をのぞかせるなか、一列縦隊でぐるぐるまわっていった。

バラヴィーノもそのなかにいたが、かげりのある空色の眼に冷酷な影を投げかける、あのロボット・ヘルメットの下にかくれて見分けがつかなかった。だが心のなかは動揺してとりみだしていた。我々の敵、そうかれはいいきかされていた、我々警察官と秩序ある人々の敵がこの家のなかにひそんでいるのだと。警官バラヴィーノは半開きのドアからおそるおそる部屋部屋のなかをのぞいていた。どの洋服だんすにも、どの屋根の谷間にも、おそろしい武器が隠されているかもしれない、どうして男も女も不安そうな咎《とが》めるような目つきでおれたちを見てるんだ？　あのなかのだれかが敵だとしたら、全員そうだってこともありうるじゃないか？　ドスン、ドスン、階段の壁のうしろを縦にはしる管のなかを、捨てられた汚物が落ちていく音がする。あれが大慌てで武器を始末している音じゃないって、だれにいえる？

警官たちは下の部屋へ踏みこんだ。家族が赤い格子縞のテーブルクロスのかかった食卓で夕食をとっている最中だった。子どもたちが泣き叫んだ。ひとり、父親の膝のうえでごはんを食べていた一番下の子だけは、敵意のこもった黒い眼でじっとかれらをにらみつけた。「家宅捜索命令だ！」といって、巡査長が気をつけの姿勢をとると、色のついた飾りひもが胸のうえで跳ねた。「マリア様！　あわれなあたしたちをお救いください！　ただただまじめに暮らしてきたあたしたちを！」胸に両手をあてて老婆がいった。父親はシャツ姿だった。さっぱりした大きな顔には、ごわごわした無精髭がのぞいていた。一番下の子にスプーンでごはんをやっているところだった。父親は横目でちらりとかれらを皮肉っぽく見やったが、すぐに肩をすくめ、また赤ん坊の世話を焼きはじめた。

部屋は警官たちであふれかえり、身動きもならないくらいだった。巡査長はいたずらに命令をあたえては捜査のじゃまばかりしていた。バラヴィーノはおどおどしながら家具や物入れを一つひとつながめていた。ここにいる、このシャツ姿の男が敵なんだ。それにもし今の今まで敵ではなかったとしても、もう敵になってしまったのはたしかだし、いまさらとりかえしがつきはしない、目の前でつぎつぎ引きだしがひっくりかえされ、壁からは聖母や亡くなった親戚たちの絵が何枚もひきはがされているのだから。そしてこの男がおれたちの敵なら、ここには、この男の家にはそこらじゅうに罠が仕掛けてあるはずだ。たんすの引きだし一つひとつにきちんと分解された機関銃がしまってあるかもしれないし、食器棚の戸をあければこちらの胸に狙いをつけた小銃の銃剣がごろごろでてくるかもしれない、ハンガーに吊された上着のしたにはきっと金色にかがやく弾薬帯がぶらさがっているんだ、浅なべも深なべもいつ爆発するかもしれない手榴弾を抱いているにちがいない。

バラヴィーノはきゃしゃな長い腕を持てあまし気味に動かしていた。引きだしがカチャカチャなる、短刀？　いや、ナイフとフォークだ。本箱がゴトゴトいう、爆弾？　本だ。寝室には物があふれかえり通り抜けることもできない。ダブルベッドが二つ、簡易ベッドが三つ、床にはわらぶとんが二枚、放りだされている。そのとき、部屋のむこう端の小さなベッドのうえで赤ん坊がひとり、歯が痛いと泣きだした。警官はすぐにでもベッドのあいだをすり抜けてその子をなだめてやろうかと思った。だが、もしこの子ががらくた置き場に見せかけた兵器庫の見張り役だったとしたら、もしわらぶとんの両方に迫撃砲の砲身が隠してあったとしたら？

ぐるぐるまわるだけでバラヴィーノはどこも捜してはいなかった。ドアを開けようとした。びくともしない。大砲だ、きっと！　かれはそれがあの子どものころ暮らした家の居心地のいい客間にあるところを思い描いていた。造花のバラをさした花瓶から砲口がとびだし、レースの飾りのしたには防盾が、陶器の像のしたにはさりげなく発射装置が置いてあるんだ。突然ドアの力が抜けた。客間ではなく、納戸だった。わらのほつれた椅子と箱がちらばっていた。全部ダイナマイト？　ほらここ！　バラヴィーノは床に二本、車輪の跡があるのを見つけた。なにか車輪のついたものを部屋から外の狭い廊下へひきずったのだ。バラヴィーノはその轍を追った。全速力で車椅子を押して逃げてゆくその家の祖父のすがたがあった。このじいさん、どうして逃げるんだ？　足元のあの毛布なら斧を隠すのにちょうどいいかもしれないぞ！　おれが近づいたら、じいさん、一撃でおれの頭をまっぷたつってわけか！　ところが老人は手洗いにいそいでいるだけだった。あそこにどんな秘密があるんだ？　バラヴィーノは回廊を走った。だが手洗い小屋のドアが開いて、そこからでてきたのは、赤いリボンを蝶々にむすんで両手に猫をかかえた女の子だった。

バラヴィーノは、子どもと仲良くなって、そうしていろいろ訊いてみる必要があると考えた。猫をなでようと手をのばした。「かわいい、ねこちゃん」といってみた。猫はかれにとびかかるようにぱっと跳び上がった。灰色のやせた猫だった。毛足が短く全身筋ばっていた。歯をむきだしにして、犬のように跳ねまわっていた。「かわいい、ねこちゃん」バラヴィーノは、まるで自分にとって問題はこの猫と友達になることにすべてかかっているかのように、猫をなでようとした。しかし猫はさっと斜めに跳ぶと、意地の悪い目つきで時折こちらをふりむきながら、逃げていった。

バラヴィーノは回廊をぴょんぴょん跳ねながら、「ねこちゃん、かわいい、ねこちゃん」といって猫を追いかけた。どこかの部屋にとび込んで、見ると娘が二人ミシンのうえに屈み込むようにして働いていた。床には端切れの山がいくつもできていた。「武器は？」警官は訊ねると、生地を片方の足で蹴散らした。おかげでバラやライラック模様の布が足にからみつき、からだにまとわりつく始末だった。娘たちは声を立てて笑った。

せまい廊下を抜けて階段をひとつまわった。猫はときどきかれを待つみたいなそぶりを見せたが、かといって近づくと、四本の足で思いきり跳び上がって逃げていってしまうのだった。別の回廊に出た。車輪を上にむけた自転車で通路はふさがれていた。作業服姿の小柄な男がひとり、たらいの水にタイヤをつけて、穴のありかをさがしていた。猫はもうそのむこうにいた。「失礼」警官はいった。「あったぞ」小柄な男はこういって、相手にそれを見せようとした。水のなかのチューブから何千もの小さなあぶくがでていた。「通してもらえませんか？」これがみんな、おれの行く手をさえぎるために、あるいはおれを手すりから突き落とすために、仕組まれていたことだとしたら？

無事に通れた。また部屋があって、なかには簡易ベッドがひとつあるだけで、上半身はだかの若者がひとりあおむけになって、両手をまくらに巻き毛のあたまをのせ、煙草をふかしていた。いかにもあやしい。「失礼、猫を見かけませんでしたか？」ベッドの下をさぐるには格好の口実だった。バラヴィーノは手をのばした、となにかに手を突かれた。雌鶏が一羽とびだしてきたのだった。町の条例にもかかわらず家のなかでかくれて飼っていたのだ。その上半身はだかの若者はまゆひとつ動かさなかった。相変わらず寝そべったまま煙草をふかしていた。

踊り場を横切った警官は、瓶底めがねをかけた帽子職人の仕事場に出た。「家宅捜索……命令だ……」といってバラヴィーノはうずたかい帽子の山に手を掛けた。中折れ、カンカン帽、シルクハット、山がくずれ、床のうえにちらばった。猫がカーテンのかげからとびだし、帽子にじゃれついたかと思う間もなく逃げ去った。バラヴィーノには、自分がその猫に腹を立てているのか、それともただ仲良くなりたいだけなのか、もう分からなくなっていた。

台所のまんなかに老人がひとり、郵便配達夫のベレー帽をかぶり、ズボンのすそをめくって足を洗っていた。警官を見たとたん、老人はにやにやしながらもうひとつの部屋を指差した。バラヴィーノは顔をのぞかせた。「きゃあ」はだか同然のふとった女が叫び声をあげた。バラヴィーノは恐縮していった。「すみません」郵便配達夫はにやついて、両手をひざにあてていた。バラヴィーノはふたたび台所をよこぎると屋上にむかった。

屋上はひろげられた洗濯物ですっかり満艦飾をほどこされていた。警官は果てしなくつづく白い列のあいまを、シーツの迷路を、進んでいった。猫は時折、洗濯物のすそをかすめるように姿を見せたかと思うと、また別の洗濯物のしたにもぐりこんでは姿を消した。突然バラヴィーノは自分が迷子になったのではないかという不安におそわれた。もしかしたらおれ一人とり残されて、同僚はみんなもうとっくにこの建物からひきあげてしまったのかもしれない、そしておれは、怒って当然のここの連中の虜《とりこ》になったってわけか、こうしてひろげられた白い洗濯物に囚われの身ってことか。やっとのことで抜け道を見つけ、壁際にたどりつくことができた。下では、回廊の鉄柵のまわりに灯りはじめた明かりに中庭の井戸が口を開けていた。そして手すりのまわりにも、階段の上にも下にも、警官たちが蟻のように群がっているのをバラヴィーノは見た。だからといってほっとしたのか不安になったのか、よく分からなかった。あちこちから、命令を下す声、驚きの叫び、抗議の声が聞こえてきた。

猫はかれの傍の壁のうえにすわって、つまらなそうに下をながめながら尻尾を動かしていた。だがかれが動くとすり抜けていってしまった。屋根窓に通じる細いはしごがあった。猫はそこに消えたのだ。警官は猫を追った。もうこわくなかった。屋根窓のなかは空に近かった。外では月が家々の影にひかりを落としはじめていた。バラヴィーノはヘルメットを脱いだ。顔が人間の、ほっそりした金髪の青年の顔にもどっていた。

「そこから一歩も動くんじゃない」どこからか声がした。「この拳銃はおまえを狙ってるんだ」

大きな窓の桟に少女がひとりしゃがんでいた。肩にかかる長い髪、化粧した顔、絹のストッキング、靴は履いていない。冷たい声で一語一語区切るように、夕暮れのとぼしい明かりをたよりに、漫画のなかに活字体でわずかばかり科白のついた新聞を読んでいるのだった。

「拳銃だと?」そういうとバラヴィーノは少女の手首をつかみ、にぎった掌を開かせようとした。少女がちょっと腕を動かすとカーディガンの胸がひらいて、玉のように丸まった猫がとびだし、かれ警官バラヴィーノめがけ歯をむきだしてきた。しかし警官にはそれがゲームだということがもう分かっていた。

屋根のうえに猫は逃げた。バラヴィーノは下の手すりから顔をのぞかせ、かわらのうえを確かな足どりで気ままに走ってゆく猫をみつめていた。

「するとマリーは自分のベッドの傍で」少女は読みつづけていた。「フロックコートの准男爵がその武器で狙っているのを見た」

あたりには、やぐらのようにそこだけが高い労働者たちの家々に灯りがともっていた。警官バラヴィーノは眼下にひろがる巨大な町をながめていた。鉄でできた四角いビルが工場の囲いの内側にいくつもあたまをもたげていた。立ちならぶ煙突の上の空を横切りながら、ちぎれ雲が動いていた。

「わたくしの真珠がお望み、エンリーコ男爵？」あの鼻にかかった声が依怙地になって読みつづけていた。「いいや、おれが欲しいのはおまえさ、マリー」

風が巻き起こり、バラヴィーノは、あのコンクリートと鉄のもつれた連なりが自分のほうにむかってくるのを見た。何千という隠れ家でふつふつとたぎる怒りがまた針を逆立てている。いまとなっては、敵陣で孤立無援ということか。

「わたくしには財産も家柄もそなわっているのよ、豪華な屋敷に暮らして、召使がいて、宝石もある、なのにこれ以上、なにを人生にのぞむというのかしら？」

少女はつづけていた。黒い髪が、紙のなかの、身をくねらした女たちとまばゆい微笑みを浮かべた男たちのうえに流れていた。

バラヴィーノの耳に、ピッと笛が鳴り、エンジンがうなるのが聞こえた。警察がこの建物からひきあげてゆくのだ。できることならどこまでも空に連なる雲のしたを逃げてゆき、この拳銃なんか、大きな穴でも掘って土のなかに埋めてしまいたい、かれはそう思った。

(Il gatto e il poliziotto, 1948)

動物たちの森

パルチザン狩りのあいだ、森は毎日お祭り騒ぎだ。小道をはずれた茂みや木々の間を雌牛や雄牛を追い立ててゆく家族や、紐に繋いだ山羊を連れた老婆たち、それにアヒルを小脇に抱えた女の子たちがひっきりなしに通ってゆく。ウサギを連れて逃げる者もいる。

どこへ向かおうと、栗の木が生い茂ってくるにつれて、切り立った斜面で右往左往する太鼓腹の牛や乳房の垂れた雌牛の数がふえてくる。山羊ならまだましだが、いちばん喜んでいるのは身軽に動くことができて、道々樹皮を噛りながらゆけるロバたちだ。豚はといえば、地面を鼻先でくんくん嗅ぎまわりながら進むものだから、鼻のいたるところを栗のイガで刺されてしまう。雌鶏は木の上にちょこんと止まって、リスたちを怖がらせる。小屋の生活が何世紀もつづいて巣穴の掘り方を忘れてしまったウサギたちは、木々の洞《ほら》に走り込むのが関の山だ。だから時にはヤマネと鉢合わせして咬みつかれたりもする。

その朝、農夫の〈役立たずのジュアア〉は森の奥まった一角で薪を切っていた。里の事件は何ひとつ知らなかった。朝早いうちにキノコ採りに出るつもりで、前の晩村を発ち、秋に栗の実を乾燥させるのに使っている、森のあばら屋で眠ったからだ。

だから枯れた木の幹に斧をふりおろしているときに、くぐもった鐘の音が、森の近くからも遠くからも聞こえてきたのには驚いた。かれは手を休め、近づいてくる人の声に耳を澄ました。「おおい！」かれは叫んだ。

役立たずのジュアはずんぐりした小柄な男で、浅黒い顔は酒に灼けて健康そうだった。キジの羽根を挿した緑色のとんがり帽子に、スフの厚手のチョッキの下には黄色の大きな水玉のシャツ、そして丸まるした腹には紅いスカーフを巻いて、濃い青の継ぎ当てだらけのズボンがずり落ちないようにしていた。

「おおい！」とかれに応える声がして、苔むした緑の岩蔭から麦藁帽の髭面の農夫がひょっこり顔をのぞかせた。見るとその友達は白ヒゲの大きな山羊を従えていた。

「こんなところで何してるんだ、ジュア」友達がかれに声をかけた。「ドイツ兵が村に来て、家畜小屋を片っ端から検《しら》べてまわってるぞ！」

「なんてこった！」役立たずのジュアは怒鳴り返した。「おれの大事なコッチネッラを見つけて、あの雌牛をかっさらおうってわけか！」

「今から走ればまだ間に合うかもしれんぞ、隠すくらいの時間はあるさ」友達はかれに忠告した。「軍旗が谷底から上に向かってくるのを見て、おれたち、すぐ逃げだしたんだ。けど、まだお前さんの家まで行っちゃいまい」

ジュアは薪も斧もキノコの籠もそのままにして走っていった。かれが森を走り抜けてゆくと、アヒルの行列は足元でガアガア鳴いて逃げ惑うし、羊の群れはギュウギュウづめに固まって行く手をふさいだりした。子どもや老婆はみんな口々に「もうマドンネッタまで来てるよ！　橋の上の家をはじから家捜ししてる！　村の入り口の角を曲がるのを見たよ！」と叫んでよこすのだった。役立たずのジュアは短い足を大急ぎで走らせて、坂道を転がり落ちるボールのようにごろごろと下り、上り坂は息を切らして駆け上がった。

走りに走って、村が一目で見渡せる尾根の端までたどりついた。早朝のやわらかな大気がひろがっていた。まわりに連なる山並みがかすんで見えた。そしてそのなかに石造りの家々が折り重なるようにして佇んでいるくすんだ村があった。はりつめた大気のなかを村のほうからなにかドイツ語で叫びながら扉を叩く音が聞こえてきた。

《なんてこった！　ドイツ軍のやつら、もう家のなかまで入っているぞ！》

役立たずのジュアの身体は腕といわず脚といわず全身が震えていた。酒のせいで多少の震えはいつものことだが、いまはそれに加えて雌牛のコッチネッラが、この世でかれの唯一の財産が連れ去られようとしていることを考えたせいで、すこし震えが増していた。

からだを屈め、息をひそめて畑を突っ切り、ブドウの木の陰に隠れるようにして、役立たずのジュアは村に近づいていった。かれの家は村はずれの集落のなかにあり、その先は一面のカボチャの緑のなかに菜園がひろがっていた。もしかしたらドイツ軍はまだそこまで来てはいないのかもしれなかった。

ジュアは建物の角からちらちら様子をうかがいながら、音もなく村に辷り込みはじめた。いつもの干し草と家畜小屋のにおいの漂う道に人影はなく、村の中心から耳慣れない物音が聞こえてきた。人のものとは思えない声と軍靴の鋲の音だった。かれの家は目の前だった。扉はまだ閉まっていた。一階の家畜小屋の入り口も、土鍋に植えたバジルの葉むらに隠れた磨り減った外付階段の上にある住居の扉も、閉まったままだった。家畜小屋のなかから声がした。「モオォ……」雌牛のコッチネッラだ。主人が近くに来たのが分かるのだ。ジュアはうれしさに胸がキュンとなった。

ところがちょうどそのとき、飾り窓の下から足音が響くのが聞こえた。ジュアは物陰に身を隠し、丸く突きでた腹をひっこめた。農夫のような顔つきのドイツ兵だった。短い軍服からひょろ長い首と手とがのぞいていた。脚は長く、銃はかれの背丈くらいあった。仲間から離れて、何かせしめてやろうと物色にきたのだ。おまけに村の様子やにおいがかれに馴染みの様子やにおいを思いださせていた。そうして大気のにおいをかぎながら、ひしゃげた軍帽の庇の下の黄色い顔であたりを見まわしながら進んできた。そんなときコッチネッラが「モオォ……」と声を上げたのだった。雌牛には主人がどうしてまだすがたを現わさないのか分からなかった。そのドイツ兵はつんつるてんの軍服につつまれた身体をピクリとさせ、すぐさま家畜小屋に向かった。役立たずのジュアは息も止まりそうだった。

見るとドイツ兵は躍起になって入り口を蹴っていた。早晩入り口が蹴破られるのは間違いなかった。そこでジュアは建物の角に身を隠し、家の裏手をまわって干し草置き場に行き、干し草の下を掻きまわしはじめた。そこに古い二連発の猟銃と弾丸を装塡した弾薬帯を隠しておいたのだ。ジュアはイノシシ用の弾を二発、銃にこめ、弾薬帯を腹にくくりつけると、銃を構えて、そうっと家畜小屋の入り口まで行き、待ち伏せた。

ドイツ兵のほうはコッチネッラに綱をかけて曳きながら小屋から出ようとしているところだった。黒い斑点のある赤茶色のきれいな雌牛だったので、てんとう虫《コッチネッラ》という名前だったのだ。気立てはやさしいくせに頑固な若い雌牛だった。この得体の知れない男に連れていかれるのが嫌で、踏んばって動こうとしなかった。仕方なくドイツ兵は背中を押して連れていこうとしていた。

壁に隠れて役立たずのジュアは狙いを定めた。ここでジュアが村一番のへぼ猟師であることを知っておく必要がある。なにかの間違いでもないかぎり、野ウサギはもちろん、リスでさえ、いままで一度だって命中させたことはなかった。枝にじっと止まっているツグミを撃っても、ツグミは身じろぎもしない。自分の臀《しり》に穴を開けられるとあっては、だれもかれといっしょに猟には行きたがらなかった。狙いをつけようとしても両手の震えが止まらない、そんなかれが興奮しきってとなれば想像もつこうというものだ！

狙いをつけても両手が震えて、銃の先はくるくる回っているばかり。ドイツ兵の胸に狙いをつけたと思ったら、次の瞬間にはもう雌牛の臀が照準のなかにはいってくるのだった。《なんてこった！》ジュアは思った。《ドイツ野郎めがけてぶっぱなしたら、コッチネッラを殺すことになるっていうのか？》そして引き金を引くのをためらっていた。

ドイツ兵のほうは、主人が近くにいるのを感じとって曳いて行かれまいとする雌牛にてこずりながらも、どうにか進んでいた。そのときになって突然、自分の同僚たちが村を引き揚げて、今頃は広い道路を下っているころだと気がついた。ドイツ兵はその頑固な雌牛を従えて同僚の後を追いかけることにした。ジュアは生け垣や低い壁の陰にすばやく身を隠し、時折あの粗末な銃を構えたりしながら、距離を置いてかれらを尾行していた。だが銃を固定させることができないうえに、ドイツ兵と雌牛の間隔がすこしも離れないものだから、思いきって撃つことができないでいた。このまま黙って連れていかせるしかないのだろうか？

遠ざかってゆく隊列に追いつくために、ドイツ兵は森を抜ける近道に入った。そうなるとジュアにとっては木々の幹に隠れながらついていけるので楽になった。それに今度はたぶんドイツ兵も引っ張りやすいように、さっきよりは雌牛と距離を置いて前を行くはずだった。

いったん森に入るとコッチネッラは動きを渋るのをやめたようにみえ、それどころかドイツ兵が小道のどちらを採るか見当もつかないときには、道案内をして分かれ道で決断をするのは彼女のほうだった。たいして進まないうちにドイツ兵は、自分のいるのが幹線道路の近道ではなく、ふかい森のなかだということに気づいた。いってみれば、雌牛といっしょに道に迷ってしまったのだ。

いばらの茂みで鼻にひっかき傷をつくり、小川に両足まで浸かりながら、役立たずのジュアは尾行をつづけた。ミソサザイの群れがバタバタ飛び立ち、カエルが沼地からピョンピョン逃げだした。木立のなかで狙いを定めるのは、障害物が多いうえに、あの大きな赤と黒の臀が絶えず突然視界に飛び込んでくるものだから、いっそう難しくなっていた。


ドイツ兵はさっきから怯えながらこのふかい森をながめていた。そしてどうしたら森から抜けだせるのか思案していたところへ、ヤマモモの茂みがガサガサいったかと思うと、まるまる太った桜色の豚が一頭とび出してきた。かれの故郷の村では、森のなかをうろつきまわる豚なぞついぞ見たことがなかった。かれは雌牛の綱を放すと、豚の背後にまわった。コッチネッラは自由になったと気づくやいなや、仲間が大勢いるのを感じとったのか、森の奥めがけて小走りに駆けだした。

ジュアにしてみれば、ドイツ兵を仕留める絶好の機会が訪れたわけだ。ドイツ兵は豚を抱きかかえて捕まえようとすると、まわりでドタバタするのだが、豚のほうはかれの手をするりとかわしてしまう。

ジュアがまさに引き金を引こうとしたとき、近くに子どもが二人、ポンポンのついた毛糸の帽子に長靴下の男の子と女の子が目に入った。ふたりは大粒の涙をぽろぽろ流しながら、「うまく撃ってね、ジュア、おねがい。あんたがうちの豚を殺したら、うちにはもうなんにもなくなっちゃうんだから！」といっているのだった。役立たずのジュアの手のなかで銃がまた激しく躍りはじめた。気がやさしすぎて、ひどく動揺していたのだ。なにもそのドイツ兵を殺さねばならないからではなく、その可哀想な二人の子どもの豚を危険にさらすことになるからだった。

ドイツ兵は、《ギイィ……ギイィ……ギイィ……》と叫びながらもがく豚を抱えたまま転がって、岩やら茂みやらにぶつかっていた。突然、豚の悲鳴に《ベエェ……》と応える声がして、洞穴から子羊が出てきた。ドイツ兵は逃げてゆく豚にはかまわず、子羊を追いかけはじめた。妙な森だ、かれは思った、茂みには豚、洞穴には羊か。そして声を限りに助けを求めて泣いている子羊の肢をつかまえて、手慣れた羊飼いのようによいしょと肩に担ぎあげると、歩きだした。役立たずのジュアはそうっと後を追った。《今度こそ逃がさんぞ。今度は大丈夫だ》と自分にいいきかせながら、かれは引き金を引こうとした。そのとき、手が伸びてきて銃身を持ち上げた。それは年老いた羊飼いで、かれに向かって両手を合わせてこういうのだった。「ジュア、わしの子羊を殺さんでくれ、あいつを殺《や》るのはいい、だがわしの子羊は殺さんでくれ。しっかり狙いをつけろ、絶対にだ、ちゃんと狙ってくれ！」しかしジュアにはもう何がなんだかさっぱり分からなくなっていて、引き金の位置すら見つけられなかった。

森を進むにつれて、次々と出会う発見にドイツ兵は呆気にとられていた。木々の上にはひな鳥、幹の穴からちらちら顔をのぞかせるモルモット。ノアの方舟そのままだ。ほら、松の枝を見上げると七面鳥が一羽、羽根をひろげている。すぐさまかれは片手を伸ばしてつかまえようとしたが、七面鳥のほうは小さく跳ねていちばん高い枝に移ると、そこで止まり、相変わらず羽根をひろげていた。ドイツ兵は子羊を放すと、その松の木によじ登りはじめた。しかしかれが一本枝をのぼるたびに、七面鳥はまた別の枝に移り、平然と胸を張り、これ見よがしに真っ赤な鶏冠《とさか》を垂らしてみせるのだった。

ジュアはその木の下を、頭に葉の繁った枝をのせ、もう二本を両肩に、そして一本を銃身にくくりつけて進んでいた。ところがそこへ赤いハンカチを頭に巻いた小太りの若い娘がやって来た。「ジュア」娘はいった。「いいこと、あんたがあのドイツ兵を殺してくれたら、わたしあんたと一緒になるわ。もしわたしの七面鳥を殺したら、あんたのはらわた抉りとってやるからね」齢こそいってはいたが、はにかみやで独り者のジュアは、真っ赤になってしまい、銃がロースト用の回転器みたいにくるくる回っていた。

登ったドイツ兵は、枝がいちばん細くなっているところまでたどりついていたが、その細い枝のどれかが折れて、墜落した。もう少しで役立たずのジュアの上に落ちるところだったが、たまたま見極めがよく、衝突はまぬがれた。だがからだを隠していた枝が全部地面に落ちてしまい、そのクッションのうえに落下したドイツ兵は、おかげで怪我ひとつ負わなかった。

墜落したかれの眼に野ウサギが一匹、小道にいるのが映った。だがそれは野ウサギではなかった。丸まると卵形をしていて、物音がしたのに逃げずに、からだを低くした。家ウサギだった。その耳をドイツ兵が捕まえた。そうしてウサギを連れて歩きだしたのはいいが、ウサギが金切り声を上げ、必死で逃れようとジタバタするものだから、逃がすまいとして、片方の腕を上げた格好であちこち飛び跳ねる羽目になってしまった。森は牛や羊や鶏の声であふれていた。一歩進むたびに新たな動物を発見することになるのだった。ヒイラギの枝にオウムが一羽、湧水のところでピチャピチャ跳ねる金魚が三匹。ジュアは樫の老木の高い枝にまたがって、ドイツ兵とウサギのダンスを見物していた。だがウサギがひっきりなしに位置を変えては間に割りこむものだから、ドイツ兵に狙いをつけるのはむずかしかった。ジュアが、今だ、と思って引き金の端に指をかけたそのとき、三つ編みのそばかす顔の女の子が声をかけてきた。「あたしのウサギを殺さないで、ジュア、それくらいならドイツ兵にやったほうがましよ」

その間にドイツ兵は、淡青色と緑の地衣類で肌色がかった灰色にみえる岩場に行き着いていた。まわりには裸の松がわずかばかりあるだけで、そのむこうは絶壁が口を開けていた。地面には松の葉の絨毯《じゅうたん》が敷きつめられ、その上で雌鶏が一羽、松葉をついばんでいた。ドイツ兵が雌鶏を追いかけはじめると、ウサギは逃げだした。

まずお目にかかれないくらいガリガリで、羽根はむしり取られ、よぼよぼの雌鶏だった。村でいちばん貧しいジルミーナという老婆が飼っている雌鶏だった。ドイツ兵はすばやく雌鶏を両手で捕まえた。

ジュアはその岩場の頂上で様子を見守りながら、石を積んで銃の台座をこしらえていた。だが台座というより、かれがこしらえたのは簡単な砦のファサードのようなもので、一か所だけ、銃身を通すための狭い隙間が空けてあった。今度ばかりはなんの心配もなく撃てるはずだった。かりにその羽根のみすぼらしい雌鶏を殺すことになったところで、たいして困ったことになりはしないからだ。

ところがそのとき、ぼろぼろの黒いショールにくるまったジルミーナ婆さんが追いついて、こんな屁理屈を並べ立てた。「ジュア、ドイツのやつらがあたしの雌鶏を、この世であたしに残されたたったひとつのものをかっさらっていく、それは確かに悲しいさ。けどね、あたしの雌鶏を撃ち殺すのがおまえさんだなんて、なおのこと悲しいやね」

ジュアはまた震えはじめた。身にふりかかった責任の重大さを思って、震えは前よりひどかった。それでもかれは力を込めて引き金を引いた。

銃声を聞いてドイツ兵が見ると、掌のなかで羽根をばたつかせていた雌鶏の尻尾が消えていた。そしてまた一発、羽根を片方もがれた雌鶏がいた。こいつは魔法にかかった雌鶏かなんかで、ときどき爆発しているうちに掌のなかで消えてゆくとでもいうのか？また一発、雌鶏はいつ丸焼きにされてもいいようにすっかり羽根を失っていたが、それでも相変わらず脚をばたつかせていた。さすがに恐怖心に駆られはじめたのか、ドイツ兵はからだから離して雌鶏の首のところをつかんでいた。ジュアの放った四発目の銃弾は、まさにその掌の下にある雌鶏の首を撃ち抜き、かれの手にはそれでもまだ動いている頭部が残った。かれはそれを放りだして逃げだした。だが小道はどこにも見当たらなかった。横にはあのごつごつした絶壁が口を開けていた。絶壁の手前の木はイナゴマメの木だった。そのイナゴマメの枝を大きな猫がのぼってゆくのがドイツ兵の眼にとまった。

森のあちこちで家畜やペットを見かけても、もう少しも驚かなくなっていたので、かれは片手を伸ばし猫を撫でようとした。首筋をつかまえたかれは、猫がのどでも鳴らしてくれたら気が休まるのにと思っていた。

ところで、その森はずいぶん以前から、一匹の獰猛な野生の猫に荒らしまわられていて、鳥たちが食い殺されたり、時には村の鶏小屋まで襲われたりしていたのだということは知っておく必要があった。だからゴロゴロのどを鳴らすのを聞くつもりだったドイツ兵は、そのネコが毛を逆立てて自分に飛びかかってくるのを見た次の瞬間には、爪が肉に食い込むのを感じることになったのだ。そして揉みあっているうちに男とネコはもろとも絶壁から転落してしまった。

こうして下手くそな射撃手ジュアは、村いちばんのりっぱなパルチザンで狩りの名手として祝福されることになったのだった。可哀想なジルミーナには村の費用で鶏のひながひと抱えあてがわれることになった。

(Il bosco degli animali, 1948)

だれも知らなかった

羊飼いたちは夜明けに道に出て、谷間から立ち昇った霧のなかから、かすかに湖が滲むようにすがたを現わし、窓にしっかり閂《かんぬき》をかけた猟師小屋がむこうの斜面に現われてくるのをながめていた。猟師たちは毎晩籠城でもしているようだった。噂では湖の湿気が怖いのと、泥棒から身を守るためということだった。それがみんな羊飼いへの反感から生まれた話だということが、羊飼いたちには分かっていた。

猟師小屋からひとすじ煙が立ち昇りはじめていた。最初に戸口に現われるのは、火にくべる木切れを折りに出てくる女たちで、この時間から真昼の日差しに備えてつば広の麦わら帽をかぶっていた。犬たちが目を覚ましたようだ。それから両手をポケットに突っ込んでザウディさんが天気をうかがいにやって来て、ぺっと唾を吐いて、また暖をとりになかにひっこむ。かまどの火種を煽ろうと顔を上げたアイロルディ家の娘は、対岸の斜面でじっとみつめる羊飼いたちを見た。彼女は母親の腕を取ると連中を指差した。するとと羊飼いたちは後ろをむいて、ヒツジを追いはじめた。

最後に戸口に顔をのぞかせた猟師は、医者をしているアイロルディ家の弟だった。それでもすでに準備を整えて表に出ようとしていた。女たちの姿がなかったので、ひとりですっかり身繕いをしたばかりか、手際もよくすばやかった。あらかじめ半ば服を着込んで眠っていたし、パンとチーズも用意して、ミルク・コーヒーの熱いのを飲んでから、前の晩に手入れして準備しておいた銃を身につけ、表に出たのだ。眼鏡はかけずに、空気と時間を味わうかのようにちょっとあたりを見まわしてから、石に腰を下ろして眼鏡を拭きながら、ほかの連れが出てくるのを待っていた。小屋のなかでは、男たちがカモシカ猟の支度をはじめたのを嗅ぎつけて、鎖につながれて置いてきぼりにされるのではないかと気を揉んで、犬たちが唸ったり、首輪の鈴を鳴らしたりしていた。

猟師小屋のある谷の上と、羊飼いたちが群れを追う高台の牧草地に、カモシカのいる場所があって、いくつもの黒々とした群れをなして山崩れのあとを駆けめぐったり、いくつもの大家族がいっしょになって日向ぼっこをしたりしながら、時折ぴんと頭を立てて急に走りだしたりするのだった。ここ数年、その山はカモシカでいっぱいだった。毎朝、羊飼いはヒツジに塩を撒く場所に石が落ちてくるので、そこを見張っていればよかった。

九月二〇日になると羊飼いたちはヒツジを上の湖に連れていき、平地におりる。そろそろその時期がきていた。諍《いさか》いなどしている時間はあまりなかった。いままでは九月二〇日までにカモシカ猟の男たちが羊飼いたちを猟に招いたものだった。今年もそうなるはずだった。あの出来事が起こるまでは。

それからというもの、関係は険悪になる一方で、アイロルディ家の娘は夢うつつでもヒツジの群れが家の周りを通る音が聞こえると、母親といっしょに寝ているベッドの隅にいって小さくなるようになっていた。夜には外に忘れ物をしないように注意しなければならなかった。戸口に置き忘れたチーズがなくなったことがあったからだ。アイロルディ家のいちばん上の兄は正体不明の泥棒に声を張りあげて脅しをかけたことがあったが、そこへちょうどヒツジを連れて家路につく羊飼いたちが通りかかったものの、知らんふりだった。そのあとボンヴィチーノさんが外の階段に置き忘れた弾薬帯が消えた。そのときも大騒ぎになったが、羊飼いたちに面と向かってはなにもいわなかった。

今ではボンヴィチーノさんは弾薬帯をバッグに入れ、腰にくくりつけ、その後を自分の背丈より長い銃をかかえて、テンみたいな顔つきをしたザウディさんがついていくようになっていた。しんがりはアイロルディ家のいちばん上の兄で、男たちが出かけるのを見て吠えている犬たちを罵っている。かれが戸口のところで女たちに食事の支度をいいつけると、女たちは汗と風に気をつけるようにと応えるのだった。猟師たちのすがたが小径に消え、家のまわりに残った女たちは、あのつば広の帽子をかぶり、洗い物のコップを手に、冷気と鈍い光のなかで長い時間を過ごすのだった。

カモシカのいる場所にたどりつくには、猟師たちがかなり足早に行く必要があった。アイロルディ医師はまるでいつもカモシカの通った跡をたどるかのように、全身を嗅覚にして無言で乱れることなく大股に歩くものだから、みんなが遅れてしまうのだった。ところがボンヴィチーノさんときたらすぐに歩くのに厭きて、しょっちゅう道をはずれ、茂みのなかを歩きまわったり、木立を見上げたりしているものだから、時に大きなツグミやカケスを見つけると我慢ができなくなって、早朝から銃を撃ってしまうこともあった。そんなとき残りのみんながかれに腹を立てるのだが、なかでも狩猟となるといちばん厳格な医師の怒りようはなかった。一羽の小鳥めがけて銃声をあたりに響かせるということは、山中のけものに警報を鳴らすことになるんだぞ！　だからみんなは、脇道にはいってボンヴィチーノがあたりを見まわし、腰のバッグに手を伸ばして弾薬帯の弾をさがしはじめると、かれから目を離そうとしなかった。

狩りの手順は道々決めておくのだが、そこでも意見が食い違うのが常だった。というのもアイロルディ家の長兄がいつもなにか新しい順路を思いついては、みんなにかれの思いどおりにしろといい張るせいだった。誰それはこっちで待機、残りの誰それはあっちを調べろ、といった後で、意見を変えたり、うまくいかなければ、みんながちゃんとやらなかったのが悪いと責めたりするのだった。みんながいいと思う狩りのやり方はかれには気にいらなかった。みんなは見つからずにたどりつくことのできる抜け道のような格好の場所に潜んでから、カモシカを射程内におびき寄せる、絶対に撃ち損じのない方法をのぞんだ。ところがかれのほうは、片側から数人がカモシカを驚かせ、残りの連中が逃げ道をふさげばうまくいくのだとしつこくいうのだった。そうすればひとり残った自分が危険をものともせず断崖絶壁を駆けまわり、みんなに追い立てられたカモシカの群れを追いつめて、谷間に銃声を谺《こだま》させてみせるというわけだ。

羊飼いといっしょに猟に出ていたころや、近くの山村の一隊がいっしょのうちは、アイロルディも、地の利を心得ている者の経験に耳を貸しもしたし、他人の前で騒ぎを大きくすることを避けようと自制していたせいもあって、最後にはいうことを聞き入れたものだ。ところが連れが友人だとか、たまたま合流した森林警備兵や監督官といった、へたくそを絵に描いたような笑止千万の狩人ということになると、もう毎朝いい争いになる。

動揺がいちばん少なかったのは、ザウディだ。農耕機械の販売業者で、テンのようにやついた顔つきの、あの小柄な男だった。アイロルディとの口論のせいでカモシカ猟がつまずきはじめるのをみると、かれは踵《きびす》を返して自分の犬を連れにいくのだった。それから男と犬はふたりだけで幸せそうに野ウサギをもとめてどこかに消えてしまう。上のほうには白い野ウサギがいる。今頃の季節だと、まだ灰色で、これから雪の降るころに白に変わるのだ。白ウサギは犬に追われると穴に身をかくす。するとザウディさんは何時間もかけて穴から追いだしにかかるのだが、戻ってくるときには獲物入れの網のなかに両耳が地面につきそうなくらい重そうな息絶えたウサギをぶらさげていたものだ。

ところがその朝すがたを消したのはアイロルディの長兄のほうだった。なにか思いついたことがあって、それが頭から離れなかったのだ。中腹の道を通って谷間を一つひとつしらみつぶしに捜して歩くかわりに、シャペレットの頂上まで登ってから、上のほうから例の絶壁を通って扇状に下りながら山を調べてみようと思い立ったのだ。弟の医師は近道をまわって仲間たちより上にいたのだが、それまで一言も口をはさまなかったのに、突然、ある岩の前にすっくと立って、後ろをふりかえると、鼻のあたりまで覆っていたスカーフを空中で大きく振って、こう叫んだ。「よせ！　やめるんだ！　やめろ！　だったらおれたちはいつもの道を行く。兄さんがそれでいいんなら、勝手にするがいい。いやならシャペレットだろうとなんだろうと、自分の好きな王道を行けばいいだけの話だ」

「おれはシャペレットを行くぜ、それで山ほどカモシカを仕留めて、今年の猟はきれいさっぱりお仕舞いにするさ！」兄は顔を真っ赤にしてかれにいい返した。

「ウウウーッ！」と大きな声がしたので、猟師たちが顔を上げて見ると、牧草の緑を移動してゆく細長い雲のようなヒツジの群れが、さらにその上には、両手を杖にかけ、背筋を伸ばしたままじっと動かない羊飼いたちのすがたがあった。眼は帽子の蔭にかくれて見えなかった。アイロルディ家の長兄はさっさと行ってしまった。気ぜわしくドタドタと斜面の岩溝を登りはじめていた。

山のことも、カモシカのことも、アイロルディ兄にいろいろ教えてくれたのは羊飼いたちだった。猟に出るとき、かれらは戦時中に使った九一式銃をもってきたが、射撃の腕前は音に聞こえるというわけではなかった。けれど獣や猟場にくわしかったので、狩りを取り仕切るのはかれらのほうだったといってよい。

六〇頭からのカモシカの群れに出会ったあのときも、フランス側の斜面のおそろしく長い道を通って、あそこまで群れを連れてきたのはかれらだった。だからアイロルディ家の長兄がかれらに割りふった役割のせいで、かれらが猟師たちといい争いになるのは当然だった。

たった一人で険しい尾根の小道を足早に進んでいると、群れがむこうの谷間に入り込み、蹄《ひづめ》を石に擦りつける音がかすかに聞こえてきて、アイロルディ兄は血が騒ぐのを感じた。カモシカたちはふいに思い思いの場所で動かなくなった。すらりと伸びた脚、きゃしゃな背中、鉤形の角。だが群れのなかに相変わらずすばやい動きの気配がするのは、きっと息遣いか、射すような視線のせいだったのだろう。だから少しして猟師たちが一斉射撃をはじめると、高く飛び跳ねたり、傷ついて悲鳴を上げながら転げ落ちたりして、下の渓流や森をめがけて逃げおりていった。そのときむかい側の斜面から一発一発はっきりと聞き取れる銃声が谺してきて、森の入り口までたどりついていたカモシカたちは谺に怯えて、下りてきたときと同じくらいの速さで、また上に駆け上がっていき、猟師たちと鉢合わせしてしまい、二度目の一斉射撃を浴びて、皆殺しにされることになった。

そして夜になると、猟師小屋の前では蠟燭《ろうそく》の灯りの下、棒にぶらさげられた長い脚をした獣のまわりで忙しく立ち働くすがたが見える。猟師たちが自分たちの分、村の分、羊飼いたちの分、それから国境を越えるのを見逃してくれた森林監督官たちの分をそれぞれ山分けしているのだ。ザウディとボンヴィチーノの奥さんたちは、血にも獣にもすっかり慣れっこだから、両手で犬用の臓物を選り分けている。ふいにアイロルディの長兄が「ふん、羊飼いの連中なんて。奴らの取り分はあれでいい」といった。そして仕留めたうちでいちばん年寄りの、毛の薄いみすぼらしいカモシカの死体を指差した。居合わせた仲間たちはそれで納得したわけではなかったが、その場は口をつぐんでいた。アイロルディは屈み込んで獣の腿肉を捌《さば》いている最中だったのだが、そのかれの足元にあのみすぼらしい残骸が降ってきたのだ。すんでのところで下敷きになるところだった。それは、どうみても二人がかりで脚をつかんで投げ飛ばしたとしか思えない勢いで、かれの背中を打った。みんながふり返ると、羊飼いのマントが闇のなかを遠ざかっていくのが見えた。

諍いはこうしてはじまったのだ。そのうち村の居酒屋でなにやら大事件が起こったらしい。日曜日の晩、いちばん年下の羊飼いが買いだしに山を下りたときのことだ。晩になると時々、アイロルディは仲間や女たちから逃れて、村まで歩きづめでやって来てはダムの作業員や兵隊やかれらの女たちと酒を飲んで馬鹿騒ぎをしていたものだ。それも、その若い羊飼いと殴り合いになり、酒壜を叩き割るまでのことだった。

実際その翌朝、年老いた羊飼いは、雛菊のまわりをうろついていたアイロルディ家の犬のチリンのところに、知恵のまわらないかれの息子が毒入り饅頭を手にしていき、それを犬がたいらげるのを目撃した。「なに考えてるんだ！」かれは息子を怒鳴りつけた。「仕返しされるぞ！　牧草に毒を撒かれるぞ！」さっきから胃液をもどしはじめている犬をシーツにくるんで抱きかかえると、かれは猟師小屋に運んでいった。そしてかれは、犬がやって来て、ネズミ退治の毒を呑んでしまったと説明した。アイロルディ医師のおかげで犬は命をとりとめた。兄はそれを警告だと受け取った。

それからというもの羊飼いたちとは挨拶を交わすことさえなくなり、今では地の利も充分心得ていることもあって、猟にも自分たちだけで出かけるようになった。アイロルディ家の長兄は自信家で、知らないことなどなにもないと信じ込んでいた。その朝、シャペレットから息を切らして下りてきたかれが、澄んだ空気のなかで目を凝らして見ると、谷底に一〇頭ばかりのカモシカの家族がたむろしていた。気を落ち着けて、いったん引き返したかれは、幾度となく羊飼いたちが話してくれたトリックを実際に試してみようと決心した。長くてまっすぐな棒を選び、それにマントを掛け、その上に帽子を被せると、それを尾根の見通しのきく石の上に置いた。カモシカたちは片脚を伸ばし、もう一方を曲げ、鼻面を上げ、頂上の人影が動くのを待って、そのままじっとしていた。アイロルディはすばやく小道に駆け込み、隣の谷間へ下りた。

そう仕組んでおいて、カモシカの背後にまわり、確実に仕留められる位置まで近づいたのだ。二連発式の猟銃を撃つと、たちまち一発命中したが、次のは仕損じたので、すぐに撃ちなおしてそいつに傷を負わせ、そいつがしゃがれた声で啼きながら崩《くずお》折れたのを見届けてから、視界から消える前に三頭目を仕留めた。

三頭を石の上に並べると、そのままかれは助けを求めに麓へと走った。そのときにはもう、うまく仕留めたことにのぼせ揚がっていて、そのことを無人の谷間に大声で触れてまわりたくて仕方がなかった。

牧草地にたどりついてみると、ヒツジの群れがいて、なかにひとり羊飼いのすがたがあった。自慢することしか頭になかったアイロルディは叫んだ。「三頭仕留めたぜ！　こんなにでっかい雄を三頭、おれ一人で、ロッカ・ネーグラの前で！　人を集めて運びに来てくれ！」

羊飼いはあらぬほうをながめていた。小声で犬に話しかけている様子だった。アイロルディは息せききって下りていくと、こういった。「日銭を稼ぎたくはないかい？　綱と杭をもってロッカ・ネーグラに来て、そこにいるカモシカ三頭おれたちの小屋まで運んでくれ」

「ここはおれ一人でヒツジの番をしなきゃならない」羊飼いが応えた。「おれの仲間のところへいって話してくれ」

「どこにいるんだ？」

「ああ、下の火事で焼けた山小屋で材木をひろっているよ」

アイロルディはヒツジたちを怖がらせながら牧草地を駆けおりていった。ものの一五分も行くと焼けた山小屋に着いたが、そこに人影はなかった。上に引き返す途中、遠くに移動するヒツジの群れが目に入った。今度はふたり羊飼いがいた。

「おおい！」かれは叫んだ。「こっちにはだれもいないんだ！」

なんだか分からない答えが返ってきた。

「おれの仲間はどの辺りに行ったのかね？」アイロルディは大声で訊ねた。

羊飼いたちは「イラー！　イラー！」というような声をあげながら、棒の先でどこかを指していた。

アイロルディは半日駆けずりまわった。その晩、仲間と村人たちを集めて三頭のカモシカの息の根を止めた場所に引き返したかれは、一時間かけてまごついた挙げ句、場所は確かなのに獲物が消えてしまったことを納得させられる羽目になった。その後で毛のかたまりや血痕をかれが見つけたので、一行もかれが作り話をしたわけではないと納得することになった。

アイロルディは森林警備兵の兵舎と監督官事務所に出かけていって、かれらとも口論になってしまった。いますぐ雛菊のところまで行って羊飼いたちを逮捕してくれ、さもないと獲物をくすねられてしまうから、といい張ったせいだ。

「あんたたちのカモシカは、さて今頃どこにいるものか」軍曹がかれにいった。「この森のなかでだれが見つけるというのかね？　それに羊飼いたちは夜中に動きまわるしな……」

「おれだって夜中に動けるさ」こういってアイロルディは引き揚げていった。

夜更けになって、かれは砒素を一袋、狩猟服に忍ばせると、犬たちを小屋のなかに繋いでから出かけていった。月明かりの下、かれは一晩中必死になって、まるで種蒔きでもするかのように牧草地を歩きまわった。

翌朝かれは真っ先に戸口にすがたを現わした。雨は降っていなかった。成功だった。雛菊の一帯に人の動いている様子はなかった。夕方になって、あの年老いた羊飼いが通りかかった。

「牧草地に行くにしちゃ、やけに遅くないかね、今朝は?」アイロルディが声をかけた。

老人は谷を指差した。「牧草地には行かんのだ」かれは応えた。「ヒツジたちを湖で洗ってやったんでな。これから山を下りるところだ」

ヒツジの群れがやって来た。真っ白になって、メーメー啼きながら寒そうにしていた。きっとロッカ・ネーグラの群れからはぐれたのだろう、ちいさなカモシカが一頭、谷の上の岩場からすがたを現わした。その眼は、湖を、ヒツジたちを、煙の立ち昇る猟師小屋、洗濯物をひろげるアイロルディの娘、戸口に立つ父親を、そして通り過ぎてゆく羊飼いをとらえていた。すべてをしっかりその眼に焼きつけると、カモシカはすがたを消した。人間たちはだれ一人それを知らなかった。

(Mai nessuno degli uomini lo seppe, 1950)

大きな魚、小さな魚

ゼッフィリーノの父親はけっして水着をつけなかった。裾をまくりあげたズボンに下着のシャツ、頭には白い布地のハンチングという出立ちのまま、岩場から離れようともしなかった。かれはカサガイに夢中だった。岩にぴったり張りついて、猛烈に硬いその殻と石との見分けがつかないような、あの平たい一枚貝だ。そいつを引き剝がすのに、ゼッフィリーノの父親はナイフを操った。そして日曜日にはきまって岬の岩を一つひとつ大きな眼鏡ごしにながめては点検してまわった。それは小さな籠が貝でいっぱいになるまでつづいた。とれたての貝をひとつつまんで、その水っぽくて酸っぱい身を匙からすするようにしてのみ込むと、残りは籠に仕舞い込む。時折、かれは目を上げて、とまどい気味の視線を穏やかな海の上にめぐらしてから、「ゼッフィリーノ！　どこだ？」と呼びかけた。

ゼッフィリーノは昼過ぎいっぱい水のなかで過ごすことにしていた。ふたりがそろって岬にたどり着くと、父親はかれをそこに残して、すぐに自分の貝を追いかけにゆく。あんな強情で頑固では、カサガイがゼッフィリーノの気に入るはずもなかった。一番最初に彼の関心を引いたのは蟹だった。次にタコ、クラゲ、それからあらゆる種類の魚へと関心が移っていった。夏を追うごとにかれの猟は複雑で凝ったものになっていき、いまではかれと同じ年ごろの男の子で、かれぐらい上手に水中銃を操れるものはいなかった。水のなかがうってつけの人間といえば、ちょっとずんぐりとした、全身肺活量と筋肉のかたまりのような類の人間だ。そしてゼッフィリーノはそんなふうに育っていた。陸でみかけるかれは父親に頼りきりで、しっかりしろと頭のひとつも小突いてやりたくなるような、そこいらのぼうっとした坊主頭の少年のひとりだった。それが水のなかでは、だれより勝っていた。水中に潜ればなおさらだった。

その日ゼッフィリーノは水中猟の用具を首尾よく一式そろえてきていた。水中マスクは去年のうちに祖母の贈り物で手に入れていた。足の小さい従妹がいて、水掻きを貸してくれた。水中銃は叔父の家から黙って持ちだしたものを、父親には借りたといいつくろってあった。おまけにかれはよく気のつく子どもで、使い方も手入れの仕方も全部心得ていたから、なにか物を貸しても安心していられた。

海はすばらしく澄んでいた。ゼッフィリーノはどんな忠告にも、「うん、父さん」とこたえて海にはいっていった。ガラスの水中マスクにシュノーケル、ひれになった足、そしてあの銛《もり》と銃とフォークがいっしょになった道具を手にした姿は、もうとても人間にはみえなかった。なのに海にはいった途端、体は半ば水面下にあって見る間に遠ざかっていくのだけれど、それがかれだということはすぐに分かった。水掻きの蹴り方、腋からのぞく銃のかかえ方、水面すれすれに顔をつけて進む気負った泳ぎ方のせいだった。

海の底ははじめのうち石ころだらけで、それが岩ばかりになり、浸蝕されて地肌がむきだしになったのや、暗緑色の海藻がびっしりひげを生やしたのやらが目立ってくる。どの岩の窪みからも、潮の流れにゆらめき小刻みにふるえる藻のひげの合間からも、ふいに大きな魚がすがたを現わしそうだった。水中マスクのガラスごしに、ゼッフィリーノはせつなそうな視線をあたりにぬかりなくめぐらした。

はじめて見る海の底は美しい。だが最高の美しさは、何事でも、あとからやってくるものだ。ストロークを重ねて、そのすべてを体で覚えるものなのだ。水の風景を呑む、それはどこまでいっても果てることなどないような気がする。マスクのガラスは影と色とをがぶりと呑み込む巨大なひとつ目なのだ。闇がとぎれたのは、あの海の岩場から抜けでたからだ。海底の砂のうえには、海の動きが描いた細かな紋様がくっきり浮かびあがる。陽の光はずっと下まで差し込み、ちらちらと眩しく反射したり、群れをなすハリオイをきらめかせたりする。このとても小さな魚は隊列を組んでひたすら直進するかにみせて、急にみんなそろって直角に向きを変える。

ちいさな砂塵が舞い上がり、見ればクロダイが水底で尾ひれをふったのだった。銛の刃先にむかい合ってしまったことに気づいてはいなかった。ゼッフィリーノはいち早く潜水して泳いでいる。クロダイは、その縞模様のわき腹をしばらく所在なげに揺らしていたが、急に身をひるがえすと見る間に水中を遠ざかっていった。ウニのトゲだらけの岩の間をぬって、その魚と狩人は、多孔質の岩肌がむきだしの岩場が入り江のようになったところまで泳ぎついた。《ここなら逃げられないぞ》とゼッフィリーノは思った。と、その瞬間、クロダイのすがたが消えた。あちこちの穴や窪みからは、ちいさな気泡がかすかに立ちのぼり、すぐにとぎれては、また別のどこかからのぼってくる。イソギンチャクがなにかを待ち構えているように光っている。クロダイは隠れ家からちらっと顔をのぞかせ、またほかの穴に消えたかと思うと、すぐ、ずっと遠くの穴からすがたを現わした。魚が岩場の突きでた縁にそって進み、それから下にむかったので、ゼッフィリーノが底のほうを見ると一か所、緑色に光っているところがあった。魚はその光のなかに姿をくらまし、ゼッフィリーノはあとを追った。

岩場の根元に張りだした低いアーチをくぐると、ふかい水と空がふたたび頭上にひろがった。白っぽい石がぐるりと海底を囲むように影を落とし、沖にむかってちょこっと突きでた岩場あたりまで低く長くのびていた。ゼッフィリーノはフィンを蹴って腰をひねると、水面に出て息を継いだ。シュノーケルがのぞき、マスクにはいりこんだ水滴を吹きだしたが、少年の顔は水中に残ったままだった。またクロダイを見つけたのだ。それも二匹も！ かれがねらいを定めていると、左手には悠々と船団よろしく隊列を組んで泳いでゆくのが、右手にはもう一団がきらめくのが見えた。ほんとうに恵まれた漁場だった。鏡の箱のなかのようだった。だからゼッフィリーノがどこをむいても、ちいさなひれが躍るすがたやウロコのきらめきが目に飛び込んできて、驚きと嬉しさのあまり、一発も銛を打つ気になれないくらいだった。

あわてずに、周囲に恐怖を撒き散らさないように、最善の攻撃を考えることが必要だった。ゼッフィリーノは、顔は下にむけたまま、いちばん近くの岩場をめがけて泳いでいった。見ると、水のなかに、岩の壁に沿って、白い手がひとつ垂れさがっている。海は静かで波ひとつなかった。その張りつめて澄んだ水面に、ひとつぶ雨が落ちたように、幾重にも同心円がひろがっていた。少年は顔を上げ、じっと見た。岩場が縁のところで大きく口を開けていて、水着姿のふとった女性がひとり日光浴をしていた。彼女は泣いていた。涙が頬をつたってとめどなく流れ、海へ滴り落ちていた。

マスクを額まで上げると、ゼッフィリーノはいった。「すみません」

ふとった女がこたえた。「かまわないのよ、ぼうや」それからまた泣きつづけた。

「いいから、魚とりをして」

「ここは魚がいっぱいいるんです」かれは説明した。「見たでしょ、たくさん」

ふとった女は相変わらず顔を上げたまま、涙をいっぱいにためた眼でじっと前をみつめていた。「全然、見なかったわ。どうしたらいいのかしら。涙が止まらないの」

ゼッフィリーノは海や魚のことならだれにも負けなかったが、人前に出ると、ぼんやりした口下手な少年にもどってしまうのだった。「お気の毒に、おばさん……」といって、かれは、またあのクロダイのところへ引き返すつもりだったのだが、ふとった女性がひとり泣いているという光景の異常さに、魅せられたかのように、おもわず彼女をみつめつづけていた。

「わたし、おばさんじゃないのよ、ぼうや」すこし鼻にかかった上品そうな独特の声で、ふとった女がいった。「おねえさんって呼んでちょうだい。デ・マジストリスよ。

で、きみは、なんていうの?」

「ゼッフィリーノ」

「いい子ね、ゼッフィリーノ。魚とりは大漁だったの? それとも大猟っていうのかしら?」

「知らない、なんていうのか。まだなにもつかまえてないんだ。この辺は、でも、穴場なんだ」

「けど、その銃には気をつけるのよ。わたしは……このみじめなわたしのことはいいの。けれどね、きみには、怪我なんかしてほしくないの」

ゼッフィリーノは彼女に、大丈夫、心配はいらないといった。彼女と並んで岩に腰掛けると、かれはしばらく彼女が泣くのをながめていた。ときどき泣き止みそうになる瞬間があって、そんなとき彼女は顔を上げ、首をふると、赤らんだ鼻で息を吸い込むようにした。だが見る間に目尻やまぶたの下から大粒の涙がふくらんでくるようで、たちまち目から涙があふれだすのだった。

ゼッフィリーノにはどう考えたらいいのかよく分からなかった。若い女のひとが泣いているのを見るのは、胸が締めつけられることにはちがいなかった。だが、こんな、歓びと望みとで心が満たされるような、ありとあらゆる魚でいっぱいの内海を前にして、いったいどうしたら悲しくなんてなれるのだろう。それに、緑の海に飛び込んで魚を追いかけにいくためには、隣で涙にくれている大人のひとをどうしたらいいのだろう。同時に同じ場所で、一度にふたつの相反する悩みが心にかかっていた。ゼッフィリーノには、一度にふたつとも考えることも、どちらか一方を放っておくこともできなかった。

「おねえさん」かれはたずねた。

「なあに?」

「なんで泣いているの?」

「失恋したからよ」

「あぁ!」

「きみには分からないわね、子どもだもの」

「マスクをつけて泳いでみる?」

「ありがとう、そうするわ。すてきかしら?」

「なにより最高にすてきなことさ」

デ・マジストリスは立ち上がると、水着のホックを背中で留めた。ゼッフィリーノはマスクを渡して、ていねいにつけ方を説明した。マスクを顔につけると、しばらく彼女はおどけたような、もじもじしているような素振りで、その顔を動かしていたが、マスクに透けて見えるその眼から流れる涙は止まらなかった。アザラシを思わせるような、およそしとやかとはいいがたいしぐさで海に入ると、彼女は顔を潜らせたまま、バタバタと泳ぎはじめた。

「魚が見えたら教えてください」かれは大声でデ・マジストリスにいった。水のなかでのかれはいつも真剣だった。だからかれが自分といっしょに魚とりをする特権を認めるなんてめったにないことだった。

しかしその娘は顔を上げ、駄目だと合図していた。ガラスが曇っていて、彼女の表情はさっぱり見えなかった。彼女がマスクをとった。「全然見えないわ」彼女がいった。「涙でガラスが曇ってしまって。駄目だわ、わたし。ごめんなさい」そうしてそのまま、水のなかで泣きつづけるのだった。

「困っちゃったな」ゼッフィリーノはいった。ガラスをこすって曇りを取り除くための半分に切ったジャガイモは持ってきていなかったが、ちょっと唾をつけることで、なんとかその場を切り抜けると、かれは自分でマスクをかぶった。「ぼくがやるのを見ててください」とかれはふとった女にいった。それからふたりはそろって沖に出ていった。かれは頭をさげ、フィンの蹴りだけで泳ぎ、彼女は一方の腕を伸ばし、もう一方を曲げて横泳ぎをしていたが、頭をかろうじて起こしている様は見るに堪えなかった。

デ・マジストリスの泳ぎはひどいものだった。ものすごい勢いで不格好に水を掻きながら横泳ぎをつづけていく。すると彼女の下では何メートル四方にもわたって、魚たちが海を逃げまわり、ヒトデやイカは移動をはじめ、イソギンチャクは口をパクパクさせるのだった。これではゼッフィリーノの眼にとび込んでくる景色がかすんでしまうのも仕方なかった。波は高くなるし、砂地の海底にはちいさな岩が撒き散らされ、その間では、もつれた海藻がその海のかすかな動きにゆらめいていた。だが、もっと上のほうからながめると、平らにひろがる砂地の上で、いくつもの岩が、海藻がびっしり生えてよどんだ水のなかでゆらめいているように見えた。

ふいにデ・マジストリスの視界から少年のすがたが頭から水中に消え、一瞬、ちらっと尻が、それからフィンが視界をよぎったかと思うと、次にはかれの白っぽい影は海面の下にあって、底にむかって沈んでいった。スズキが危険を悟ったときにはもう手遅れだった。すでにそのときには、すばやく発射された銛がスズキを斜めから捕え、銛の真ん中の歯が尻尾にむかって深く食い込み、そのからだを射抜いていた。スズキはとがった尾ひれを振ると、水を打ちながら突進してきたが、銛の両側のかえしが引っ掛かっていなかったのか、尻尾がちぎれてでも、まだなんとか逃げおおせると思っているようだった。だが、その余っていたかえしが一本ひれに刺さったのが決め手となって、勝負がついた。すばやくリールが糸を巻き上げると、頬を紅潮させた満足そうなゼッフィリーノのすがたがスズキの上にあった。

スズキを突き刺した銛が水の外にあらわれ、それから少年の片腕が、そしてマスクをつけた顔とシュノーケルからシューッと吹きだす水が見えた。それからゼッフィリーノが顔を出して、「すごいでしょ？　見たでしょ、おねえさん？」といった。銀色に黒光りする巨大なスズキだった。だが女は泣きつづけていた。

ゼッフィリーノは岩のてっぺんによじ登った。デ・マジストリスはやっとの思いでかれの後につづいた。魚を生きのいいまま容れておくために、少年はいっぱい水のはった小さな窪みを見つけだした。そしてふたりはその近くにしゃがみこんだ。ゼッフィリーノはスズキの色が光の加減で変わるのをみつめたり、ウロコをなでたりしながら、デ・マジストリスも自分と同じようにしてくれたらいいのにと思っていた。

「きれいでしょ？　とってもちくちくするんですよ」魚に対する関心がふとった女の悲しみのなかにじわじわとひろがってきたのを見てとると、「ぼく、ちょっと見てきます、もう一匹とれるかもしれないし」といって、かれは完全に装備を整えると、海に飛び込んだ。

女が魚とあとに残った。そして彼女は、これ以上不幸な魚なんていないのだということを発見した。いま彼女はまるい口や鰓《えら》や尻尾を指でなぞり、その銀色の美しいからだに何千もの実に細かな穴が口を開けているのを見ていた。魚に寄生する微細な水蚤《みじんこ》が、長期間スズキに棲みついて、その体内に通路を穿ったのだ。

そんなことなど知らずに、ゼッフィリーノは銛の穂先に金色に光るイシモチを突き刺して、水面にふたたびすがたを現わし、デ・マジストリスにそれを差しだした。こうしてふたりはそれぞれ仕事を分担することになった。女は銛から魚を外し、あの生け簀のなかに入れる。するとゼッフィリーノはまた頭から水中に潜って魚をとりに行くのだった。しかし最初のうちはその度にデ・マジストリスが泣き止んだかどうか見守っていた少年も、彼女がスズキやイシモチを見ても泣き止まないものだから、いったい何だったら彼女を慰めることができるのだろうかと心のなかで問いかけていた。

イシモチの横腹には両側に金色の縞が走っていた。背中にはひれがふたつ一列に並んでいた。そしてそのひれとひれの隙間に、銛の傷よりずっと昔の細く深い傷があるのがデ・マジストリスの眼に入った。どうやらカモメの嘴が、普通なら死んでしまうくらいの猛烈な力でこの魚の背中をつついたらしい。いったいいつからイシモチはこの痛みをひきずっているのだろうか。

ゼッフィリーノの銛よりも速く、ふわふわ漂う小さなユカリの群れのうえをマダイがかすめていった。マダイがユカリを一匹呑み込んだところへ、銛の穂先が喉にぴたりと命中した。いままでゼッフィリーノがこんな見事に仕留めたことはなかった。

「こいつは記録もののマダイですよ！」マスクを外しながら、かれが叫んだ。「ぼく、ユカリを追っかけてたんだ！　そしたらこいつがそれを一匹、呑み込んでね、それでぼく……」感激のあまり、つっかえつっかえ、かれは光景を説明した。これ以上大きくて美しい魚を捕まえるなんて不可能だった。だからゼッフィリーノは、これでようやくデ・マジストリスも自分といっしょになって喜びを分かち合ってくれるかもしれないと期待に胸を膨らませた。彼女はその銀色に光るからだをみつめていた。たったいま、あのくすんだ青緑の小魚を呑み込んだばかりの、銛のかえしに引き裂かれた喉元をみつめていた。海ではいたるところでこんな暮らしがくりひろげられているものなのだ。

ゼッフィリーノはさらに灰色のホシザメと赤いベラ、黄色い縞のスズキ、大振りのクロダイに平たいボガを一匹ずつ捕った。しまいに、ひげが長くてとげだらけのセミホウボウまで仕留めた。だがどの魚にも、銛の跡のほかに、水蚤の嚙んだ跡か、得体の知れない傷跡か、昔から喉に引っ掛かっている釣り針か、そのどれかがあることにデ・マジストリスは気がついた。少年が見つけたその入り江には、ありとあらゆる種類の魚が寄り集まってくる。もしかしたら、そこは長い苦しみをいい渡された生き物たちの避難場所、海の隔離病棟なのかもしれない。それとも凄絶な決闘場なのだろうか。

見ると、ゼッフィリーノは岩の間で足をばたばたさせていた。タコだ！　岩石のすそに隠れたタコの群れを見つけたのだ。銛の先端には、早くもすみれ色の大きなタコが一匹、傷口から水で薄めたインクのような液を垂れ流していた。すると、なにやら奇妙な不安がデ・マジストリスをとらえた。少し離れたところで、タコを容れておくための水たまりが見つかると、ゼッフィリーノはその場を動かなくなった。ゆっくり色合いを変えてゆく灰色がかった桜色の肌に見蕩《と》れていたのだ。もう夕方になっていて、少年はすこし鳥肌が立ってきた。なにしろ長い時間水のなかにいすぎたのだ。だがゼッフィリーノはさっき見つけたタコの一家を諦めかねていた。

女はタコを観察していた。ぬるぬるした体、吸盤のへこみ、赤茶けた液状の眼。そうだ、タコだけが、獲物のなかで唯一、染みもなければ苦しんだ跡もない、そんな気が彼女にはした。人肌を思わせる桜色の足は、くねくねとやわらかで、いたるところに腋窩《えきか》が隠れていそうで、まだ元気で生きているようにみえた。しかもまだ時折、鈍い収縮がかすかに吸盤をふくらませながら足のむきを変えさせていた。デ・マジストリスの片方の手が、丸まったタコの上のあたりで撫でるしぐさをして、収縮を真似るように指を動かし、それからさらに近づくと、指先でかすかに触れる位置までおりてきた。

夕闇が降り、海には波が立ちはじめていた。八本の足が空中で鞭のようにしなったかと思うと、デ・マジストリスの腕にはタコが渾身の力を込めて巻きついていた。岩場のすそで、俘《とりこ》になった自分の腕から逃れようとするかのように、彼女は叫び声を発した。それは、「タコよ！　タコが、苦しいっ！」とでもいっているように響いた。

ちょうどそのとき、首尾よくイカを穴から追いだしたゼッフィリーノが、水から顔を出し、ふとった女にタコが巻きついているのを見た。彼女の腕からタコの足が一本伸び、彼女の喉をとらえようとしていた。叫び声がとぎれてゆくのも、もちろんかれには聞こえた。甲高く尾を引くような悲鳴だったが、泣き声ではなかった——少年にはそう思えた。

ナイフを手に男が駆けつけてきて、軟体動物の眼に何度もナイフを突き立てはじめた。そして最後に、ほとんど一撃でまっぷたつにした。ゼッフィリーノの父親が、籠いっぱいカサガイが採れたので、岩場を通って息子を捜しにやって来たのだった。悲鳴を聞きつけ、眼鏡の奥からよく見てみると、女のすがたが見えたので、カサガイを採るのに使うナイフを手に、彼女を助けようと駆けつけてきたのだ。タコの足はたちまちぐにゃっとなった。デ・マジストリスは気絶してしまった。

彼女が我に返ってみると、タコは切り刻まれていて、ゼッフィリーノと父親がフライにしたらいいといって進呈してくれた。夕方になってゼッフィリーノはセーターを着込んでいた。父親は彼女に、おいしいタコの料理の仕方を事細かに身ぶりをまじえて説明した。ゼッフィリーノは彼女をみつめながら、ほら、そこだ、またはじまるぞ、と何度も思った。ところがもう、彼女の目から涙はひとつぶもこぼれなかった。

(Pesci grossi, pesci piccoli, 1950)

楽しみはつづかない

ジョヴァンニーノとセレネッラは戦争ごっこをしていた。涸れた小川の両岸にびっしり葦が生い茂り、川床から灰色と黄色の土くれがのぞいていた。本物の敵がいるわけでも、始まりと終わりのある実際の戦闘があるわけでもなく、ただ葦を一本片手にかざし、思いつくままに戦争の場面を演じながら川を下っていくだけのことだ。

葦はどんな武器にもなった。銃剣ならば、ジョヴァンニーノが喉から奇声をあげて砂地の河原に身を躍らせて白兵戦にうって出たし、機関銃なら、岩の間の窪みに据えて、ダダダダダッと叫びながら機銃掃射をしてみせ、旗なら、自分が旗手になって中洲のこぶによじ登っていき、頂上に旗を立ててから、片手を胸に当てて倒れてみせるのだった。

「赤十字!」助けをもとめる声がした。「きみが赤十字だ! 来いよ! 怪我をしたのが分からないのか?」

つい今しがたまで敵の機銃兵をしていたセレネッラはジョヴァンニーノに駆け寄ると、かれの額にハッカの葉を一枚、絆創膏にして貼った。

ジョヴァンニーノはとび起きて、まっすぐな葦を手に取ると、両腕をいっぱいに広げて走りだした。「爆撃だ！　爆撃命中！　ヒュゥー……ボン！」といって白い砂粒をひとつかみセレネッラの上からばらまいた。

「きみは進軍中の敵の自動車部隊だ！　爆弾を落としてやる！」

「じゃあ、あたしはどうしたらいいの？」セレネッラが訊ねた。

「地面を這っているところを爆撃されるんだ。ヒュゥー……ボン！　だめだ、今度は広い平原を逃げまわるんだ！」

セレネッラは葦のしげみに駆け込んだと思ったら、ジョヴァンニーノに大声で呼び戻された。

「敵の追撃だ！　きみが敵の追撃隊だ！　今度はきみがぼくを攻めるんだ！」

だがセレネッラは追撃隊がどんなことをするのかよく知らなかったものだから、ジョヴァンニーノが自分で追撃隊をすることにして、セレネッラには爆撃編隊をさせることにした。

「ぼくは火だるまになって墜落するパイロットだ、いいか！」ジョヴァンニーノがいった。

「じゃあ、あたしは？　あたしは？」セレネッラが訊ねた。

「きみか、きみは戦死者を抱きしめる、あれさ！」

「だれ？」

「いいかい、あれだよ、勝利の女神さ！　勝利の女神がどんなふうにするか知らないのかい？　天使みたいにやってきて、ぼくの上に屈みこめばいいんだ」

セレネッラは女神になってみた。とてもよく似合った。

それからふたりは葦を槍に見立てて、手投げ弾V２の投げ合いをした。葦が尽きて緑色の水をいっぱいたたえた池に浮かんでしまったので、ふたりは海戦をすることにした。葦の魚雷がセレネッラの軍艦を攻撃する、セレネッラの港が葦の奇襲部隊に襲われる、セレネッラの一斉射撃で航空母艦のジョヴァンニーノの顔に水しぶきがかかる、潜水艦になったジョヴァンニーノの両手が葦の巡洋艦隊を攻撃すると、ジョヴァンニーノの両手が遭難者になってセレネッラの小艇に乗り込むのだった。

全身ずぶぬれになったのでふたりで砂地を転げまわった後で、ジョヴァンニーノが今度は戦車隊だといいだした。ほんとうはセレネッラが戦車で、ジョヴァンニーノが対戦車地雷だった。地雷が炸裂して空中にはじき飛ばされると、ふたりはまた葦を手に、今度はそれを馬に見立ててまたがって、騎馬分遣隊の合戦をはじめた。騎兵隊の突撃にはラッパも必要だった。そこでジョヴァンニーノは自分の葦の鞘をむくと、合わせた両手の間にはさんで勢いよく吹いた。鞘がふるえ、鋭く甲高い音が響いた。その音で本物の兵士が三人現われた。

小川には川幅が広くなっているところがあり、谷側は池のほうに下ってゆく草原になっていて、ところどころ茂みでまだらになっていた。二人の兵士は鉄兜に緑色の小枝をつけて地面に腹這いになっていて、鋲を打った靴底がまともに見えた。そして残るひとりはヘッドフォンをつけたまま、円形アンテナ付の携帯ラジオをせわしなくいじっていた。

そうっと音を立てないように、ふたりの子どもは葦の先をひきずりながら兵士のひとりに近づいた。草のなかに伏せて銃を構えていた。鉄兜、背嚢、雑嚢、水筒、手榴弾にガスマスクを背負ったかれは、今にも崩れてきそうなガラクタに埋もれているようだった。さらにその上には、へし折ったミモザの小枝がくくりつけてあって、その折り口から木の赤い芯と細かにささくれた樹皮がのぞいていた。兵士が地面に伏せたまま、顔を子どもたちにむけた。ほとんど鉄兜は動かさず、片方の頬が地面にもたれかかるくらい顔を内側によじった。灰色の悲しい眼をして、サクランボの葉を一枚くわえていた。

子どもたちは兵士の傍にしゃがみこんだ。葦はからだの前に突きだして、兵士の銃と平行になるようにした。ジョヴァンニーノが訊ねた。「戦争してるの?」

兵士はあごを地面に擦るようにしてうなずくと、口元をゆるめ、なにもいわずにサクランボの葉を吹きとばした。片手でジョヴァンニーノの葦の穂先をつかむと、へし折って粉々にしようとした。ところが若い穂先で、鞘全体がまだ幾重にもやわらかな緑色の層にくるまれていたものだから、ちぎれずに折れ曲がっただけだった。そこで兵士はくしゃくしゃにしてから、一本一本繊維をむしりとる羽目になった。ジョヴァンニーノは、その自分のお気に入りの武器が台なしにされるのを見ているのはつらかったが、兵士がむきになって手を動かしていたので、なにもいわないことにした。

「あそこの下のところ」セレネッラがいった。谷の反対斜面に、また別の兵士がひとり、色のついた小旗を振っているのが見えたのだ。

「あのう、あそこの下まで行ってもいいですか?」ジョヴァンニーノが訊ねた。兵士は仕方なさそうに肩をすくめた。背中の荷物が勝手に動いてぶつかりあったせいで、水筒が鉄兜にあたって音を立てた。子どもたちはそろりそろりとその場を離れた。

道の片側に桑の木で日陰ができていて、その根元に床几《しょうぎ》が一脚、司令官が座っていた。

上着を脱いだ太った男が双眼鏡をのぞきこんでいた。サングラスは額に上げていたが、しばらくすると元に下ろしてハンカチで額の汗をぬぐってから、その同じハンカチでこれまた汗でびしょぬれのサングラスを拭いた。そして膝の上にひろげた地形図のうえで両手を動かしながら、鼻息を荒らげて味方の参謀本部になにかいっていた。将校たちは司令官の足下に座り込んで、両手を作戦鞄にのせたり、双眼鏡を握りしめたりしていた。

ジョヴァンニーノとセレネッラは将軍の背後で、葦をぴんと立てて〈捧《ささ》げ銃《つつ》〉の姿勢でじっとしていた。

「ふうぅ……敵の弾は」司令官は言葉をつづけた。「充分わが軍の背後までとどくからして……ふうぅ……」それからまだなにやらいっていたが聞き取れなかった。赤い産毛のまばらに生えた短い指が大きな毛虫みたいに地図の上を這いまわっていた。

「犠牲者をだすのはつらい、しかしだ……ふうぅ……この布陣だと……」

参謀本部の将校たちは、両手でからだを支える窮屈な姿勢で座っているせいで、ときどきからだを支えている両手を肘に替えてみたりすることで、草に寝転んで昼寝をしたいという誘惑にかろうじて耐えながら、司令官を囲んでいかにも活発そうに反応していた。ノートにメモをとったり、地図で作戦を確認したり、からだをねじって測角器をのぞきこむ者がいれば、それに注目したりしていた。そして周囲の自然条件を一つひとつ検討した結果、まわりじゅうに見え隠れする分隊の兵力は、きっぱり諦めるほかないと考えているようだった。まるで司令官が地図に鉛筆でバツ印をつければ、それでそのまこの地上から消滅してしまうみたいだった。

「もちろん、このブドウ畑のあたりは」司令官は話をつづける。「わが軍の砲撃で焼きはらうわけだが……あそこの、ちょうど丸見えになったところに……ふうぅ……敵の監視所が見えるかね?」

「地図に印が打ってあります、司令官閣下」熱心な将校が応えた。「《農家》と……」

しかし司令官は地図には目もくれず、そのまま小高い丘の上を指差していた。ジョヴァンニーノとセレネッラは、そこが養蚕をしているパウロ老人の家だと知っていた。

「第一攻撃目標はあれだ」司令官はいった。測角器のところにいた将校が角度をつたえた。

子どもたちは養蚕農家と、地図にバツ印をつける司令官の鉛筆とを交互に見比べていた。爆発音がとどろいた。ジョヴァンニーノとセレネッラがびくっとして飛び上がったので、ふたりの葦がぶつかり合った。

「ここでなにしてる、そこの二人！」という声がしたかと思うと、ふたりは襟首をつかまれていた。「作戦区域に小僧っ子をうろうろさせたのは、いったいどこのだれだ?」猫みたいにすばしこくジョヴァンニーノとセレネッラはその手を跳びだし逃げだした。ふたりは規則正しい駆け足で小道を走って逃げはじめた。物もいわず後ろもふり返らず、手にはよれよれになった葦をしっかり握りしめていた。

これ以上息がつづかなくなって、ふたりは立ち止まった。いつの間にか、葦の茂みがぐるりと隙間なく障壁のようにまわりを取り囲んでいた。内側があざやかで、外側が白っぽい緑色の鞘が風にそよいでざわめいていた。

「ここなら」ジョヴァンニーノがいった。「いくらでもあるね、武器がさ」けれど陽気さがよみがえっても、どこかしら冴えなかった。

古い武器を放り投げ、ふたりは葦の茂みに分け入った。「見ろよ、きれいだろ、ぼくの……」「あたしののほうが長いわ……」でも、さっきよりすごいのは一本もないような気がして、どれもこれも似たり寄ったりで、槍や機関銃や戦闘機に見立ててみても、もう気持ちは弾まなかった。

葦の茂みが不意にとぎれた。葦のむこうは空と海だった。川岸は崖になって狭い段々畑へと下っていき、まっすぐな簀の子が海の潮を防いでいた。そこから先は、海の丸い石が見えはじめ、そして波が打ち寄せるたびに、海が上のほうまで迫っていた。

「うおぉ!」急にジョヴァンニーノが大声をあげて崖を駆けおりた。「突撃……! 敵射程距離内……!」

「うおぉ!」セレネッラも走りながら声を上げたが、すぐに止まった。ジョヴァンニーノのほうも立ち止まって肩を落としていた。叫んでいる間、自分の声が別人の声のような気がしたのだ。

「焼け野原だ!」また少年が飛びだした。「戦車隊の通ったあとには、もう草一本生えやしない!」それからふたりは砂の斜面を転がり落ちたが、少年のほうは、ふと、こんなばかげた遊びのせいで骨でも折ろうものなら、ほんとうにばかじゃないかと思った。

少年は少女にあたり散らした。「セレネッラ! きみがへたくそだから、つまらないんだ!」

「どうして? どうしたらいいの、あたし?」

「機銃兵だ! きみが機銃兵の巣窟になって、ぼくが攻め落とすんだ!」

「タタタ! タタタ!」セレネッラは素直に這いつくばると、機関銃を撃った。

「ようし、今度はぼくが手投げ弾をお見舞いしてやろうと前進して、それからばったり倒れるぞ、いいか！」

少年は楡の葉のふとい束を少女めがけて投げつけ、両手を胸に当てて地面に倒れた。上手な死に方だったのに、そんなふうに戦死してみても、ちっとも気持ちが弾まなかった。

セレネッラはあと二回「タタタ！」とやってから、次にやることに気づいて、少年に近寄ってきていった。「さあ、勝利の女神よ！　勝利の女神が戦死兵を抱きしめに……」そして天使のように少年の上に屈みこんだが、少年が自分に見向きもしないのをみて、なんてばかなことをしてるんだろうと思った。

ふたりはうなだれて地面にへたりこみ、草をむしった。さっきはあんなに楽しかった戦争ごっこが、いまはあの葉をくわえた兵士の悲しい眼や、ブドウ畑や農家を消していった司令官の毛深い指がどうしても頭から離れない。ジョヴァンニーノはなにかほかに遊びはないか考えてみたが、なにを考えている最中にも、あの悲しい眼と赤い両手がよみがえってきてしまうのだった。

考えが浮かんだ。「新しい遊びだぞ！」少年は跳び上がった。スイカズラの蔓がびっしりからまった壁があった。ジョヴァンニーノはスイカズラの長い蔓の先をひっぱると、ちぎれないように気をつけながら、すこしずつ後退して壁からひき剝がそうとした。

「これなんだかわかるかい？」

「なんなの？」

「導火線だよ、ものすごい高性能爆弾につながってる。軍団の参謀本部の地下に隠してあるんだ」

「それでどうするの？」

「耳をふさいでろよ。ぼくが点火したら、数秒で軍団がまるごとふっとんじゃうから」

セレネッラはすぐに耳をふさいだ。ジョヴァンニーノはマッチを擦る仕草をして、火を導火線に近づけると、シュルシュルシュル……といって、導火線に炎が走っていくのを眼で追っていた。「地面に伏せろ、はやく、セレネッラ！」自分も両手で耳をふさいだまま少年が叫び、ふたりはそろって身を躍らせ腹這いになった。

「聞こえた？　すごい音だろ！　軍団はもうないぜ」

セレネッラは笑った。これならさっきよりずっと楽しい遊びだ。

ジョヴァンニーノがまた蔓を一本ひき抜いた。「この導火線、どこにいくと思う？

あの軍団の参謀本部の下さ」

セレネッラはもう両手を耳にあてていた。ジョヴァンニーノが点火の動作をした。

「はやく伏せて、ジョヴァンニーノ！」少年を突き飛ばしながら少女が叫んだ。

その軍団もふっとんだ。

「じゃあ、こいつは師団の参謀本部の分だ！」

ほんとうにわくわくする遊びだった。

「で、今度はなにをふっとばすつもり？」と訊ねると、セレネッラはからだを少し起こした。

師団の上になにがあるのか、ジョヴァンニーノは知らなかった。

「もうこれ以上なにも残ってないんじゃないかな」少年はいった。「みんなふっとんじゃったもの」

そしてふたりは砂のお城をつくりに海のほうへ下りていった。


（Un bel gioco dura poco, 1952）

不実の村

夢のなかで、なにか蠍《さそり》か蟹のような動物に片方の脚、それも太腿のあたりを咬まれているような気がした。かれは目を覚ました。もう陽は高く、トムはしばらく目が眩んだままだった。どこへ視線をめぐらしてみても、目に入る図柄は、松林の枝の隙間からこぼれてくるまばゆい空の切れはしばかりだった。ようやく自分のいる場所がのみこめた。怪我をした脚の具合がひどくなってきて、へたりきって倒れ込んだのだけれど、仲間の通った道を見つけだすには闇が濃すぎた。かれはすぐに脚の具合を確かめた。傷口に包帯が貼りついていて、黒ずんだ濃い染みになっていて、そのまわりが腫れあがっていた。

たいしたことはないと思った。戦闘中に銃弾が太腿の中ほどをかすめたときは、ほとんど気づきもしなかった。まずかったのは、その後、森を退却しているときに、「いや、ちゃんと歩けるよ、ひとりで大丈夫だったら!」といってしまったことだ。だがそのときはほんとうに軽く足をひきずるだけのような気がしたのだ。突然、木陰から機銃掃射が襲ってきて、パルチザンが散りぢりになったとき、はじめてトムはとり残されることになった。大声をあげるわけにもいかず、道に迷っているうちに日が暮れてしまった。

松葉の上に倒れ込んでから、いったいどれくらい眠ったのだろう。陽はすっかり上がっていた。微熱があった。それに自分がどこにいるのか分からなかった。

かれは起き上がった。銃を抱え、昨日から杖がわりにしているクルミの枝でからだを支えた。どちらに向かえばいいのか分からなかった。森で見通しがきかないからだ。山の斜面に灰色の大きな岩があった。やっとの思いでトムはそこにのぼった。眼の前に谷がひろがっていた。不動の空の円蓋の下、ちょうどその真ん中に、村がひとつ、山の頂きにちょこんと乗っかるようにしてあって、その周りを囲むようにして貧相なブドウ畑が下にひろがっていた。埃っぽい車道が一本くねりながら上に延びていた。あたりには物音ひとつせず、動くものとてなかった。ひとっ子一人、家々や畑にすがたを見せなかった。陽に照らされた無人の道を見ていると、まるでつるつるした臀《しり》の肉でもなぞっているようだった。敵の気配はまったくなかった。戦闘の翌日だなんてだれにも思えないくらいだった。

トムは以前その村に行ったことがあった。最近ではない、数か月前のことだ。ここ何か月か休みなくパルチザンは少人数の奇襲ばかり繰り返していた。これと決まった駐屯地が敵側にあるわけではなかったが、勢力を分散して敵軍が配備されている村々に四方から道が通じているとあっては、それこそ罠になりかねなかったからだ。しかし戦況が有利に展開して、全域をパルチザンが掌握していた数か月間は、我が家の庭のように村々を歩きまわることができたので、トムもその村で一日を過ごしたことがあったというわけだ。ご馳走の並んだ食卓に花やタリアテッレを運んできてくれた娘たち、戸外でのダンス、愛らしい表情、そして歌声——記憶がつぎつぎよみがえってくる。《あの村に行こう》トムは思った。《あそこならきっと自分を助けてくれる人たちがいる。仲間を見つけてくれる》

だがそのうちに同志の〈イナヅマ〉から聞かされた言葉がかれの脳裏によみがえってきた。そのときはどうということのない言葉だった。あのお祭り騒ぎの最中に、なにやらイナヅマがあの村人全員にかかわることを洩らしたことがあった。あいつらは、いざほんとうに会いたいという段になるとすがたを見せない、とかなんとか……そういってイナヅマは黒い髭の奥で意味ありげに笑いながら、火縄銃の柄を撫でていた。だがイナヅマはいつだってあんな物言いをする男だ。そう思ってトムはその記憶を頭から払いのけた。かれは森を出て、一本道を下りはじめた。

太陽は相変わらず輝いていたが、光の強さと熱気は衰えてきたようだった。空には黄色い雲が流れていた。トムは痛くないように怪我したほうの脚を曲げないようにして進んだ。汗のしずくが額をつたっていた。一刻も早く最初の集落にたどりつきたかったが、それ以上に、だれか一人でもいい、生き物でもいいから、連なる屋根と閉め切った窓ばかりにみえるその集落のなかから顔をのぞかせて欲しかった。

畑を囲む塀にポスターが一枚。《通達》と書いてあった。《ドイツ軍司令部は、その生死にかかわらず叛乱分子逮捕に協力する者に約束する……》トムは杖の先でその紙をひき剝がした。けれどしっかり貼ってあって、なかなか剝がれないものだから、かなり苦労がいった。

塀のうしろには金網の囲いがめぐらされていた。雌鶏が一羽、イチジクの木陰で地面をついばんでいた。雌鶏がいるならきっと人間だっているにちがいない、と思ってトムは金網越しに、蔓棚にからまるカボチャの葉むらを透かして目を凝らしてみた。ついに見つけた。じっと動かない人間の顔がひとつ。カボチャみたいに黄色い顔がかれをみつめていた。黒い服に身をつつんだ老婆だった。「おおい！」トムが声をかけると、老婆は無言で踵《きびす》を返し、行ってしまった。雌鶏もまわれ右をして後につづいた。「おおい！」

老婆を呼び止めようとして、トムはもう一度声をかけた。だが老婆と雌鶏は鶏小屋らしきもののなかに消え、錆びついた掛け金のおりる音が聞こえた。

トムは道をつづけた。脚の痛みがひどくなり、吐き気を催してきた。少し行くと麦打ち場の入り口が開いていた。トムはなかに入った。麦打ち場の中央に、大きな豚が一匹じっとしていた。男が一人ゆっくりと近づいてきた。おぼつかない足取りの老人で、帽子を目深《まぶか》にかぶり、暑いのにマントをはおっていた。トムは老人の前に立ちはだかった。「もし、ひょっとしてこの辺りでドイツ軍を見なかったかい、今日？」かれは訊ねた。老人は立ち止まると、顔を上げずに首を振ってから、ぼそぼそ独り言でもいうかのように、「ドイツ軍？……さあな、わしは……見かけないな、ここじゃ、ドイツ軍は……」

「なんだって、見かけない？」トムが訊き返した。「じゃあ、昨日は？　この辺りまでは上ってこなかったのかい、昨日？　戦闘はなかったのか？」

老人がマントのなかで体を固くした。「わしは知らん、なにも知らん……」トムは舌打ちした。傷が痛んだ。筋肉が引き攣《つ》るのを感じた。そしてまた外に出た。

道は家並みをぬって上に延びていた。こんなふうに一人で、それも怪我をした状態で村のなかに足を踏み入れるのは慎重さを欠くことになるかもしれない。だがトムは武装していることもあり、加えてあの遠い日の心躍るような歓待ぶりを思いだしてみると、あれは村人たちのなかに少なからずパルチザンの友人がいることの証なのだ、と考えた。

そんなとき、いちばん手前の家の角で男に出くわした。赤らんだ猪首のふとり気味の男だった。トムは男の後について山側の階段を上って行った。

「ねえ」トムが声をかけたが、男はふりむきもしなかったので、トムはかれの後から上って行って、扉を閉めようとする男の前に立ちはだかった。

「なにか用かね?」ふとった男が訊ねた。

トムの前にはご馳走の並んだ食卓があり、ミネストローネが湯気を立てていた。一家は、口髭の濃い、胸の大きな女が三人と、これまた口元の毛深い若者が一人で、みんな食卓についてスプーンを手にしていた。

「ミネストローネを一杯」心を決めて進み出てトムはいった。「まる二日食べてないんだ。怪我もしてる」

ふとった女たちと若者の視線がトムの顔から家長の顔へ移った。軽く鼻を鳴らしてから、男は答えた。「それはできねえ。無理だな。通達がきてる」

「通達?」トムがいった。「いったいなにを怖がってるんだ?　ドイツ軍が駐屯しているわけじゃあるまい、この村に！　通達なんか、ひっぱがせばいい！」

「できねえよ……」ふとった男がまたいった。

《こうなったらこいつに銃を向けてやるか》とトムは考えた。だが身体がひどく弱っていて、杖に縋《すが》らなければ仕方なかった。腰を下ろしたかったが、空いている椅子はなかった。

視線をめぐらすと、片方の壁に、カレンダーに半分隠れるようにして一頭の馬の絵が掛けてあるのが目に留まった。肉づきのいい胸をそらした馬、鐙《あぶみ》には黒い長靴が、そして長靴の上には勲章で飾り立てたはちきれそうな軍服が見えた。その先は隠れていた。トムがカレンダーをめくると、ぴかぴか光るムッソリーニの顎と肘が目に飛び込んできた。「おい、こいつは、どういうことだい？」かれは訊ねた。

「いや、それは昔の絵で、前から片づけようと思っていたんだ」こういってふとった男は、もじもじしはじめたが、それは絵を隠したがっているようにも見えたし、埃を払ってきれいに保管しておきたいと願っているふうにも見えた。

「解せんな」ほとんどおかまいなしにトムはいった。「なにしろ何か月か前には、あんな歓待を受けたのに、この村で……タリアテッレ……ダンス……花……忘れたのかい？」

「そういわれても……そのときは、まだ村にいなかったから……」男がいった。「あのタリアテッレは、だけど」髭の濃い女の一人が思わず口をはさんだ。「あたしらの小麦粉で作ったんだ！　三〇袋も……」そこで女は口をつぐんだ。夫が睨みつけたからだ。

トムはイナヅマの言葉を思いだしていた。「そうすると」かれは訊ねた。「あのときの連中は、おれたちの友達はどこにいるのかね……？」

「いやあ……」ふとった男がいった。「知らんな……引っ越していった家もずいぶん……あるからな、ここんところ……お若いの、役場に行って、村長に話してみなよ、あそこなら手を貸してくれるだろうさ……」

《村長のとこへだと？　会ったが最後、蜂の巣にしてやるぞ、お前たちの村長をな！》トムはそういいたかったが、ぐったりしているうちに、ほとんど触れられてもいないのにふとった男に押し出されて、気がついたときは扉の外にいた。「医者を、頼む……怪我してるんだ……」

「そうか、そうか、医者か」ふとった男はいった。「医者なら広場に行けば見つかるさ、今頃はいつもあそこにいるからな……」その間にかれは階段のところまで押し戻されていて、背後で扉が閉まる音がした。

トムはまた元の道に戻った。今度は少し人通りがあった。かたまって小声で話をしていたが、かれが通るのを見ると傍によけ、目を逸らした。痩せて背の高い、生白い顔をした司祭が、ずんぐりして髪の乱れた女と話をしていたが、司祭が差している指の先は、どうやらトムらしかった。

トムは脚を引きひき進むのがつらくなる一方だった。出会う顔どれもが前に追い越した顔に見えてきた。そしてあの生白い顔の司祭が現われたり消えたりしながら、どの人だかりのなかにもいて、ひそひそ話しているのだった。トムは、村人たちの態度が徐々に変わってきていることに気づいた。自分を見る目つきが物珍しげになり、媚びるような笑いを浮かべている者もいた。最後に、あの司祭と話していたずんぐりした女が小走りに駆けよってきて、こういった。

「可哀想に、自分じゃ立てないのね、わたしについていらっしゃい」

テンみたいな顔をした小柄な女だった。名簿を手にして、お下がりの制服らしい黒い服のあちこちにチョークの粉がついていることからして、いかにも教師という様子だ。

「自首してきたのね？　りっぱだわ！」といいながら、女教師は、かれを身軽にしてやるのだとばかりに、肩から銃をはずそうとしていた。

けれどトムは銃の肩紐をしっかり握りしめたまま、その場を動かなかった。

「なんだって？　おれが自首する？　いったいだれのところに？」

女教師は教室の戸を開けてくれた。机が片隅に積み上げられていたが、壁にはまだ、古代ローマ帝国史の名場面である歴代皇帝の凱旋の様子を描いた図や、リビアとアビシニアの地図が掛けられたままだった。「ここにお掛けなさい、すぐに野菜スープでも持ってきてあげるわ」そういいながら女教師はかれを教室に閉じ込めようとした。

トムは彼女を突き飛ばした。「医者だ」かれはいった。「医者に行かなくちゃ」

広場の人々のなかに、ひとり大きな赤十字のついた白い腕章を巻いた神経質そうな小柄な男がいた。

「あなたはお医者さんですね？」トムが訊ねた。「ちょっとお願いします！」

男は歯の抜けた口をぽかんと開け、たよりなげに周りを見まわした。ところが傍にいた連中がかれを押して、口々に小声で催促したので、その医者はトムに歩み寄り、腕の赤十字を指差していった。「わたしは中立だ。わたしには敵も味方もない。自分の義務を果たすだけだ」

「もちろん、そうでしょうとも」トムはいった。「おれにはどうでもいいことだがね」そして医者について広場に面した反対側の家にむかった。人々はふたりを遠巻きにしていたが、そのうちにニッカー・ボッカーズ姿のもったいぶった神経質そうな男が進み出てきて、あとは自分に任せておけと身ぶりで示した。

トムは医者の後から薄暗い小部屋に入った。フェノール酸の臭いが鼻をついた。汚れたガーゼ、注射器、トレー、聴診器。まわりじゅうに散らかり放題散らかっていた。医者が鎧戸を開けると、診察台から猫が一匹跳びだした。

「ここに脚を伸ばして、ここだ」といいながら、医者が酒臭い息をかけた。小男が震えの止まらないおぼつかない手つきで脚にメスを入れている間、トムは声をあげまいと歯を噛みしめた。「ひどく化膿してる」小男は繰り返した。「ひどく化膿してる」トムにはいつまで経っても終わらないような気がした。

さて包帯を巻く段になって、医者は手がもつれて、トムの脚に巻く代わりに、診察台のまわりやトムの腕にまで、いたるところに転がしてしまったものだから、最後はトムが「あんたなんか、酔っ払いだ！　おれが自分でやる！」と叫んで、またたく間に手際よく太腿全体にぴったりと包帯を巻く始末だった。

「さっさと解熱剤をくれ！」とトムはいった。医者がそこらじゅうに散乱している薬のサンプルをもたもたひっかきまわしていたものだから、かれは自分で手を出して、壜の名前を確かめ、二錠のみ込んでから、壜をポケットにしまった。

「お世話さま」といって鋭を取ると、かれは外に出た。だが眩暈《めまい》がしていた。戸口のところで、かれを待ち受けていたあのニッカー・ボッカーズの男が支えてくれなければ、その場に転倒するところだった。「食事をして、休まなければ……力を使い果たしたんだな……」男は話しつづけた。「来なさい、わしの家に……」そして鉄の門扉のむこうを指差した。別荘とコロニアル様式の折衷みたいな建物が、トムのかすむ視界を横切った。トムは男の後に従った。

ふたりがなかに入った途端、門扉がガチャリと閉まった。古めかしい造りなのに安全錠を備えていた。その瞬間、鐘楼が時を告げ、規則正しい間隔で、ゆっくりと死者になにかを告げるように、それでいて電文でも打つみたいにポッリポッリと響きはじめた。《合図らしいな……》気を失わないように、その音に気持ちを集中しながらトムは思った。

「なんですか、あれは？」ニッカー・ボッカーズの男に訊ねた。「どうしてあんなふうに鐘を鳴らすんです？　それもこんな時刻に？」

「なんでもない、なんでも」男は応えた。「ここの教区司祭だよ。ミサでもあるんだろう」

かれが通されたのは、長椅子とソファーの置かれたりっぱな大広間のようなところだった。丸テーブルの上にはデカンターとグラス一式の載ったトレイが用意してあった。「このロゾーリオを飲んでみたまえ！」といって、男は、トムがもっと別の物のほうがありがたいと言葉を返すより早く、グラスの中身をトムの喉に一気に流し込んでいた。

「さてと食事の支度をいいつけてくるとするか、ちょっと失礼」男は出ていった。トムはソファーに倒れ込んだ。頭が鐘の音に合わせて左右にゆれていた。《ドンダンディン！　ドンダンダン！》そうしていると底なしのやわらかな眠りに引き込まれそうだった。眼の前の食器棚の棚板にある黒い染みをじっとみつめていると、その黒い染みがひろがり、輪郭がぼやけてきたので、トムは眠気とたたかいながら、なんとかその染みに焦点を合わせようとした。すると染みは元通りのかたちと大きさを取り戻し、それが平たくてまるい物だということが分かった。もうしばらく瞼を開けていられたら、その物体がなんであるかも認識できるところだった。それが黒くてまるい帽子の類で、そのてっぺんから垂れ下がる光沢のある絹糸の房飾りが自分に触れているのだということが。食器棚の上にある吊り鐘形のガラスの被いを掛けた、ファシスト党のリーダーが被るトルコ帽だということが。

いまトムは首尾よくソファーから立ち上がっていた。その瞬間、遠くからうなりに似た音が風にのって伝わってきた。かれは耳を澄ました。どこかをトラックが通過する音にちがいない。トラックは一台なのか、それ以上なのか、轟音がどんどん近づいてくる。トムは力をふり絞って、からだじゅうにひろがる脱力感に打ち克とうとした。鐘の合図に応えるかのように、そのエンジンの轟音は早くも窓ガラスをカタカタ鳴らしていた。そして鐘の音がようやく止んだ。

トムは窓際にいき、カーテンを開けた。窓は砂利敷きの中庭に面していて、縄職人が奉公人を使って作業しているのが見えた。トムの位置からかれらの顔は見えなかった。みんな黒々とした髭面で頑丈そうだが、年配のようだった。黙々と、ふとい麻紐を巻いたり広げたりしながら、きびきびと麻縄を編んでいた。

トムはふりむくと、ドアの把手に手を掛けた。ドアが開いた。玄関の広間に出たかれの正面に閉ざされたドアが三つあった。二つは鍵が掛かっていたが、三つ目は低い通用口になっていて、暗いレンガの階段に通じていた。トムが階段を下りると、そこはだだっ広い納屋だった。まぐさ桶が並び、古い干し草がつまっていた。四方に鉄柵がめぐらされていた。出口は見当たらなかった。エンジンの轟音が高まっていた。自動車部隊が隊列を組んで、もうもうと埃を巻き上げながら、あの葛折《つづらお》りの道を村に向かって上ってきているのかもしれなかった。だとすればかれは罠にはまったのだ。

するとそのときトムの耳に自分を呼ぶ可愛らしい声が聞こえた。「パルチザン！　ねえ、パルチザンったら！」干し草の山からお下げ髪の少女がとび出した。

手には紅いリンゴがひとつのっていた。「さあ、これを食べながら、あたしについてきて」というと、少女は干し草の山の陰にある壁の細い割れ目を指差した。ふたりが抜け出た所は荒れ放題の畑だった。一面に黄色い野生の花が咲き乱れていた。村が後方にあった。ふたりの頭上に古い城の崩れかかった城壁がそびえていた。聞こえてくる音からすると、トラックは最後の曲がり角を過ぎたらしい。

「あんたに逃げ道を教えるようにいわれてきたの」少女がいった。

「だれにだ？」リンゴを噛りながら、トムが訊ねた。だがこの少女なら目をつむっていたって信用できることを、もうかれは確信していた。

「みんなによ。あたしたちみんな、村ですがたを見せるわけにはいかないから隠れているの。さもないと密告されちゃうから。あたしの兄さんは二人ともパルチザンなの」それからこういい足した。「ねえ、〈ターザン〉知ってる？　〈嵐〉は？」

「ああ」トムは答えた。《どの村にも》かれは思った。《どんなに敵意むきだしで人でなしにみえる村にだって、ふたつの顔がある。時が来れば、最後には善意の顔に出会うことになる。それはいつもあるのに、見えないから期待しなかっただけなのだ》

「あのブドウ畑のなかの小道が見える？　ともかくあそこまで下りていって、見られないから大丈夫。それからあの細い橋を渡るの、全速力でね。気をつけて、丸見えだから。森に入ったら、大きな樫の木があるわ。その下に洞穴があって、なかに食料がたっぷりある。夜になったらスザンナっていう女の人が行くはずよ。伝令なの。あんたを仲間のとこに連れてってくれるわ。さあ、行って、パルチザン。行ってちょうだい、急いで！」

トムはブドウ畑のなかを下っていったが、もう脚の痛みはほとんど感じなかった。橋を渡ると、鬱蒼と繁るふかい緑の森がひろがっていた。陽の光は届かなかった。エンジンの轟音が村のほうで高まるにつれて、森は深く暗くなってくるような気がした。《このリンゴの芯を滝に投げこむことができたら、助かったってことだ》とトムは思った。

お下げ髪の少女は荒畑の上から、トムが低い壁づたいに隠れながら橋を渡るのを見た。それから少しして、リンゴの芯が滝の澄んだちいさな池に落ち、しぶきが葦にかかるのを見とどけた。拍手を送ると、少女は立ち去った。

（Paese infido, 1953）

アンティル諸島の大凪

きみたちにも聞かせたかったな、わがおじドナルドの話を。かつてドレーク提督と航海したおじが、数ある冒険談のひとつを話しはじめるときのことさ。

「ドナルドおじさん、ドナルドおじさん！」わたしたちはその耳元で叫んだものだ。おじのまぶたはいつだって今にもくっつきそうになっていたんだが、その向こうにすばしこいまなざしがひらめくのが見えた時にはね。「アンティル諸島の大凪がどうなったのか話してよ」

「え？　ああ、凪、そう、そう、大凪だ……」と、おじはかすれた声ではじめるのだった。「わしらはアンティル諸島の沖にいて、たいそうゆっくり進んでいた。海は静かで波はまったくなかった。めったに来ない風をひと吹きたりとのがすまいと、帆はいっぱいに広げてあった。気がつくとスペインのガレオン船が一隻。わしらはその大砲がとどく距離に入っていた。ガレオン船はじっとしていた。わしらも停止した。その場で、その大凪のまっただ中で対峙した。やつらを追い越すことはできなかったが、やつらもわしらを追い越せやしなかった。だがほんとうのところ、やつらは前に進む気なんてこれっぽっちもなかった。わしらを通さないように、待ちかまえていたんだからな。ところが、わしらドレーク艦隊がはるばる長い道のりをやってきたのは、スペイン艦隊に休む暇をあたえず、無敵艦隊の宝を教皇権の擁護者どもの手から奪い、英国の仁慈深きエリザベス女王陛下の手にお渡しするためにほかならなかった。だが、このガレオン船の大砲を前にしては、わしらのわずかなカルバリン砲では相手にならない。だから、わしらはこっちから撃たせんようによくよく注意をはらっていた。そりゃそうさ、おまえたち。それが力関係ってもんだ。わかるだろう。ガレオン船のやつらには、水の備蓄だの、アンティルの島々でとれる果物だの、やつらの港からなら朝飯前の補給があって、そこに好きなだけ留まることができた。だがやつらも発砲しないようにしていた。というのもカトリック陛下の司令官どもにとっては、イギリス人とのこんな小競《ぜ》り合い、っていうのはまさにその時の状態そのものだが、それこそ渡りに船だったわけで、もし状況が違ってくれば、つまり海戦に一度勝つか負けるかして、すべての均衡が崩れるなんてことになれば、もちろん状況は変わっただろうし、そもそもやつらは変化を望んでなどいなかった。こうして何日も過ぎ、凪はつづき、わしらは相変わらずこっちに、やつらはあっちにいて、アンティル諸島の沖にじっとしていた……」

「それで、どうなったの？　話してよ、ドナルドおじさん！」とわたしたちは、海の老狼があごを胸にくっつけて、また居眠りしはじめるのを見ては言ったものだった。

「うん？　そう、そう、大凪だ！　何週間もつづいてな。わしらはやつらを望遠鏡でながめていた。あの教皇権擁護派の軟弱者だとか、ふざけた水夫ども。房のついた日傘の下で、かつらの下に汗とりのハンカチをはさみ、パイナップルのアイスクリームを食べていた。そしてわしらときたら、すべての海でいちばん優秀な船乗りで、過ちのなかで生きているすべての地をキリスト教精神へと導くのを運命とするわしら、そのわしらが、そこでただ手をつかねていなけりゃならなかった。甲板の手すりから釣り糸を垂れ、タバコをかみながら。何か月も大西洋を航海してきて、わしらの備蓄は底を尽きかけ、腐ってもいたせいで、毎日だれかが壊血病で死んでは袋に入れられて海に落とされていく。そのかたわらで水夫長が聖書の何節かを早口でぶつぶつ唱えていた。あっちでは、ガレオン船では、袋が海に落とされていくたびに敵が望遠鏡で観察し、わしらの被害を数えるように忙しく指を動かしていた。わしらはやつらをののしった。そう簡単にくたばるもんかってな、アンティル諸島の凪どころか幾多のハリケーンを生き延びてきたわしらだ……」

「それで、そこから抜けだす方策は、どうやって見つけたの、ドナルドおじさん？」

「なんだって？　方策？　それこそ、わしらはずっと考えていたさ、凪つづきの何か月というもの……仲間の多くが、特にいちばん年かさの連中とたくさん刺青を入れているやつらは、おれたちはこれまでずっと海賊船だったし、すばやい行動は得意だったと言って、わしらのカルバリン砲がいちばん強いスペイン船の帆柱を倒したり、舷側板に穴を開けたり、急に方向転換して戦ったりしたころの思い出話をした。そうさ、海賊船団としては、わしらは優秀だった。だが、そんときゃ風があったから速く進んだんだ……、こんな大凪にあっちゃ、撃ち合いやら接近戦の話は、ただ時間をつぶすための方便にすぎなかった。なんだかわからないものを待ちながら。つまり、南西の強い風が吹くとか、しけとか、台風でさえも……だから、そんなことは考えてもいかんというのが命令だった。船長は、本当の海戦とは、その場にじっとしていることだと説明した。にらみ合い、準備万端ととのえて、英国女王陛下の大きな海戦における作戦や、帆の取り扱い規則や完璧な舵取りの手引書、カルバリン砲の使い方を復習しながら。というのも、ドレーク提督の船団の規則は徹頭徹尾、いつまでもドレーク提督の船団の規則であって、変えようったってどこから変えるのかもわからんくらい……」

「それから、ドナルドおじさん？　ねえ、ドナルドおじさん！　どうやって動けたの？」

「うーむ……うーむ……なにを話してたかな？　ああ、そう、もっとも厳しい規律をまもり、航海規則に従っていなかったとしたら一大事だった。ドレーク船団のほかの船じゃあ、士官の入れ替えとか、みんなして命令を拒否したり、暴動だって起きた。つまり、こうなった以上、航海するのに今じゃ別のやり方が必要というわけだ。下級船員、半端な船乗り、見習い水夫たちが、熟練した船乗りになったつもりで航海について自分の意見を言った……これが航海士や操舵手の大部分にとってなにより危険に思えた。だからエリザベス陛下の航海規則を一から勉強したいっていうやつがいるなんてことが耳に入ろうものなら大変だった。それはともかく、わしらはまた火砲の手入れをしたり、甲板を洗ったり、風がないのでだらっとたれている帆がちゃんと動くかどうか確認した。そして長い一日のいつもの自由時間、デッキで、いちばんまともだと考えられていた気晴らしは、胸や腕に入れるお決まりの刺青で、いくつもの海を支配するわれらが船団をたたえるものだった。そしてしゃべっているうちに、天からの助けだけに希望を託す輩《やから》に目をつぶるようになった。もしかしたら全員、味方も敵も、沈没させたかもしれないハリケーンとか。あの状況でなんとかして船を動かす方法はないかと探す者たちよりは……スリム・ジョンとかいういつも檣楼にいる男が、太陽に頭をさらしていたからおかしくなったのかどうかはわからないが、コーヒーポットで遊び始めたことがあった。もし蒸気がコーヒーポットのふたを持ち上げるなら――と、このスリム・ジョンは言った――それならおれたちの船ももしコーヒーポットみたくできていたら、帆がなくっても進めるだろうに……そいつはちょっとばかり脈絡のない話だったってことは言わなきゃなるまいがでももしかしたら、もっと深くそれを研究してみたら、何か役に立つことが引き出せたかもしれん。めっそうもない、と男たちはコーヒーポットを海に投げこみ、もう少しでやつもほうり込まれるところだった。このコーヒーポットの話はほとんど教皇権擁護者の言い草だ、と言いはじめた……コーヒーとコーヒーポットの習慣があるのはスペインで、おれたちのところじゃない。いや、わしには何もわからなかったが、もし動いていたら、相変わらず仲間たちを腐らせていくあの壊血病と……」

「それで、ドナルドおじさん！」わたしたちは叫んだ。早く先が聞きたくて目を輝かせて、おじの手首をつかんでゆすりながら。

「おじさんたちが助かったのは知ってるよ、スペインのガレオン船を追い散らしたんだ。でもどんなふうにやったのか話してよ、ドナルドおじさん！」

「ああ、そう、ガレオン船のほうだって、もちろん全員が同じ考えだったわけじゃない！　そいつはわかっていた。望遠鏡で観察していると、あっちにも実力行使に打って出たがっている連中がいた。わしらに向かって大砲を撃とうっていうやつらと、船を接近させるしかないというやつらと。エリザベスの船団に勝てば、ながいこと萎《しぼ》んでいた交易が再び活気を取りもどしただろうから……だがそこでも、スペイン提督の士官たちはこれっぽっちも動くつもりなんてなかった、絶対にな！　この点では、わしらの船でも敵船でも、上層部は、おたがい死ぬほど嫌っていたにせよ、まったく意見が一致していた。こうして、凪は終わる様子を見せないまま、一方の船からもう一方へ、小旗でメッセージを送りあうようになり、まるで対話をはじめたがっている様子だった。けれどもだ、こんにちは！　こんばんは！　いいお天気で！　程度で、それ以上には進展しなかった……」

「ドナルドおじさん！　ドナルドおじさん！　ウトウトしないで、お願い！　ドレークの船がどうやって動けたのか話して！」

「おい、おい、わしは耳が聞こえないわけじゃないぞ！　いいか、まさかあの凪が何年もつづくなんて、だれにも予想がつかなかった。あのアンティル諸島の沖、蒸し暑く、空は重苦しく、雲がたれ込め、まさにその場所で、いますぐにでもハリケーンが起こりそうだった。わしらは汗だくで、みんな裸になって、横静索をよじ登ると、丸めた帆の下にできるわずかな日陰を探した。何ひとつ動くものはなく、わしらのうちでいちばん変化や新しいことに飢えている連中ですら動かなかったくらいだ。一人はトップマストのてっぺんで、別の一人はメインマストのスパンカーに、またもう一人は帆桁にまたがって、その高みで地図や航海図をめくっていた……」

「それで、ドナルドおじさん！」おじの足元にひざまずくと、両手を合わせてせがむようにして、肩をつかんで揺さぶった。叫びながら。

「話してよ、最後どうなったのか、後生だから！　これ以上待てないよ！　話のつづきをね、ドナルドおじさん！」

(La gran bonaccia delle Antille, 1957)

空を見上げる部族

宵時うつくしく、夏空を行き交うはミサイル。

わしらの部族は藁《わら》と泥で固めた掘っ立て小屋に暮らしている。夜、椰子の実の収穫から戻り、疲れたからだで戸口に出る。地べたにしゃがみこむ者、むしろの上に座る者、みな思い思いの姿勢で、子どもたちがまわりでボールみたいにまんまるの腹をみせて跳ねまわるなか、天を一心にみつめる。ずいぶん前から、そしてたぶんはじめからずっと、わしら部族の眼、トラコーマの炎症で爛《ただ》れたこの哀れな眼は、天を見据えている。とりわけ、わしらの村落のうえに広がる星屑散らばる天蓋を、今まで見たこともない飛行体が通過するようになってからというものは。だが白っぽい航跡を残すジェット機に、空飛ぶ円盤に、ロケットミサイル、そしてお次がこの遠隔操作ミサイルというわけで、それらはとても高いところを高速で通過するものだから、姿を確認することも音を聞くこともかなわない。ただ、よくよく注意していると、〈南十字星〉の輝きのなかに、震えというかしゃっくりの痙攣というか、そんなものを捉えることがある。すると手練《てだ》れの連中が言う。「ほうら、ミサイルが時速2万キロで飛んで行ったぞ。いやもうちょっと遅いか。おれの眼に狂いがなければ。木曜に飛んでいったやつよりも」

するとどうだ、上空にこのミサイルが現われるようになってからというもの、結構な数の者が奇妙な昂揚感にとりつかれるようになった。村の呪術師のなかには事実、事の真相は、と声をひそめて、こうしてミサイルがキリマンジャロのあちら側から飛来したのをみては、〈大いなるお告げ〉の預言にあった兆しで、それゆえ〈神々〉の約束したその時が近づいているのだと告げるのであった。長きにわたって隷属と窮乏を耐え忍んできたわれわれの部族が〈大いなる川〉の峡谷の一帯を治める日がついにやってくるのだ、そして未開のサバンナにも豊かな恵みをもたらすようになるだろう、と。だから——どうやらこの呪術師たちは暗にこう仄めかそうとしているようだ——われわれの窮状を脱しようと何かあらたな方策にあれこれ思いをめぐらせたりせずに、〈大いなるお告げ〉を信じてその厳格なる解釈者にひたすらすがり、願いを掛けることなどせぬように、というわけだ。

ただし言っておかなくてはならないのは、確かにわしらは椰子の実を拾って暮らしを立てる貧しい部族ではあるが、何が起こりつつあるかについては十分承知しているということだ。核ミサイルにしても、それが何であるか、どう機能するか、価格がいくらであるかを知っているし、モロコシ畑のようにはげ地にされるのが白人の旦那方の住む町だけではおそらく済まないだろうこと、それどころか、次の瞬間にも本当にミサイルが発射されかねず、そうすれば堅い地表はあたり一面ひび割れてすかすかの、シロアリの巣みたいにされてしまうことも分かっている。ミサイルが悪魔のような兵器だということ。そのことを忘れるものはひとりとしていない。あの呪術師たちですら。それどころか、連中は相変わらず〈神々〉の教えに従い、呪詛の言葉を浴びせかけている。とはいえ、それを善い意味に捉えて考えるほうが楽であることにやはり変わりはない。つまりお告げにある火の玉としてだ。ただしできればその考えになるべくこだわりすぎず、その可能性もあるという一縷《いちる》の望みを頭の片隅に残しておくにとどめておいたほうがよい。というのも、そこからは別の不安もまたぞろ顔を出してくるからだ。

ところが困ったのは、――すでにその光景をわしらは一度ならず目撃しているのだが――キリマンジャロのあちら側からなにやら得体の知れぬものがお告げにあるとおり姿を現わしたかと思ったら、ほどなくして、おや、なんと今度は別のもうひとつが姿を現わすではないか。しかもさっきとは逆の方角からなものだから、もっとたちが悪い。そいつは飛んでいったかと思うと、キリマンジャロの峰のむこうに消えていく。これは不吉な兆しだというわけで、〈大いなる時〉が近づいているという期待が失望へと変わる。こんなふうに一喜一憂しつつ、日に日に物騒になっていく空をわしらはつぶさに眺めている。ちょうどかつて、わしらが星々やほうき星が描く穏やかな軌道に自分たちの運命を占っていたように。

わしらの部族での話題といえばいまや遠隔操作ミサイルのことでもちきりといったありさまなのに、一方でわしらは相も変わらず無骨な斧とか槍とか吹き矢の類で武装して出かけている。何を案ずることがあろう。わしらはジャングルの最果てに暮らす最後の部族なのだ。わしらのところでは何ひとつ変わりはするまい、預言者たちの告げる〈大いなる時〉がやがて炸裂するその時までは。

とはいえ、ここだってもう昔とはちがう。ココ椰子をもとめて時折白人商人が丸木舟でやって来て、値段を担がれたり担ぎ返したりの時代は終わったのだ。いまでは《コッコベッロ・コーポレーション》なる会社があって、そこが収穫をそっくり丸ごと買い取って、言い値を押しつけてくる。おかげでわしらは大車輪で実の収穫にあたるほかなく、昼夜交代でチームを組んで働くことで、契約書にあらかじめ定められた生産量を確保する羽目になっている。

にもかかわらず、わしらのなかには〈大いなるお告げ〉によって約束された時が、これまでになく迫っていると言う者がいて、それは天体が兆しを示しているからではなく、〈神々〉の告げた奇蹟がいまや技術的問題とも言うべき、わしらだけに解決可能なものと化したからだ。間違っても《コッコベッロ・コーポレーション》には無理なのだ。そうだ、やつらは何も言わない！　なんなら《コッコベッロ》に行ってみるといい。やつらの手足となる連中が〈大いなる川〉の桟橋あたりの事務所で、机に両足をのせ、ウィスキー・グラスを片手に、今度の新しいミサイルはこの前のより大型ではと怖がっているだけの様子で、要するに、それしか話題がないときてる。この点に関しては、やつらの言い草と呪術師たちの言い分は一致している。つまりわしらの運命はすべて空の爆発流星次第というわけだ！

わたしも小屋の戸口に腰を下ろし、星やロケットが現われたり消えたりするのをみつめながら、爆発したら海の魚が殺されるだろうとか、爆発と爆発の合間には爆発を決める者たちのあいだで合図が交わされるのだろうとか思いをめぐらせる。できることならもっと知りたいのだ。きっと〈神々〉の思し召しはそうした予兆に現われ、わしらが部族の破滅も幸運もその内にあるのだから……。だがある考えがどうしても頭から離れない。

空の流星の意思にのみすがる部族は、どれほど上首尾に運んだところで、この先ずっとココ椰子を原価を割り込んで売りつづけるのかもしれない、と。

(La tribù con gli occhi del cielo, 1957)

ある夜のスコットランド貴族の独白

窓から風がそよ吹くたびに、蠟燭《ろうそく》の灯りが消えそうになる。けれど暗闇と眠気に部屋を占拠させるわけにはいかないから、窓は開けたままにして、月のない夜に形の定まらない黒い陰の広がりと化している窓の外の荒れ野を見張っていなければならない。松明の明かりもなければカンテラの灯りもない。すくなくとも三キロほど先までは。間違いない。雷鳥の鳴き声と我々の城を警備する見張り兵の足音以外、物音は聞こえない。いつもと変わらない夜……だが、もしかしたらマック・ディキンソン家は夜明け前に我々に攻撃をしかけてくるかもしれない。夜通し警戒を怠ることなく、そしてこちらの現状をよく見極めなければならない。つい今しがた、デュガルドがやってきてそのわが配下のうち年季、忠誠心とも随一に篤い男が、良心の咎《とが》を打ち明けていった。言い分はこうだ。自分はこの近在の農民の大多数がそうであるように監督教会の一員なのだが、司教は敬虔な信者たち全員に、マック・ディキンソン家を護れと命じ、他のいかなる氏族にも武器を向けてはならないと諭したそうだ。一方で長老派教会に属すわがマック・ファーガソン家は、寛容をもって善とする古き伝統にのっとり、仲間内で宗派の違いを不問に付していた。そこでわたしはデュガルドにこう言ってやった。己の良心と信義に従うがよい、と。だが同時に、彼とその家族がどれだけわが一族に恩義があるか忘れないことだと釘をささずにはいられなかった。わたしは、白い口髭をたくわえたあの無骨な兵士が滂沱と涙しながら立ち去るのを見届けた。その後あの者がいかなる決断を下したかはまだ知る由もない。だが隠しても無駄なことだ。マック・ファーガソン家とマック・ディキンソン家双方の紛争は、いまや宗教戦争勃発の気配を漂わせていた。

昔から高地の氏族たちはスコットランドの古き良き習わしに従って片を付けてきた。つまり、可能である場合は常に、自分たちの親族を殺された仇は相手の家族を殺して取る、そして相手の領地や城を占拠したり破壊したりするなどと、ということだ。だが今までのところスコットランドのこのあたりは、残虐非道な宗教戦争を免れてきた。まあ、たしかに、周知のとおり、監督教会はいつだって公然とマック・ディキンソン家を擁護し、それでこの不幸な土地は雹害に悩まされる以上にマック・ディキンソン家の略奪行為に苦しめられてきた。これはひとえにこの地では監督教会の司教の匙加減ひとつで事を決する力があるためなのだ。それでもマック・ディキンソン家と監督教会双方にとって最大の敵がマック・コノリー家であるうちは——かれらは史上最低のメソジスト教徒の流れを汲んでいるため農民が土地貸借料を滞納しても赦してやるべきだと考え、当然の流れとして貧しい者たちに土地や物資を与えてやるべきだと考えているから——マック・ディキンソン家の敵対氏族である我々は全員、これを見て見ぬ振りするのが得策だと考えていたわけだ。監督教会ではいずれも任期中の司祭がマック・コノリー家はもちろん、武器を仲介したり一族に仕えただけの者も残らず地獄に堕ちると説いていたものだ。そして我々部外者のマック・ファーガソン家やマック・スチュワート家やマック・バートン家など長老派教会のまともな氏族の者たちがこうした状況を放置してきたというわけだ。もちろん事ここに至ったのはマック・コノリー家の自業自得という面もある。かつてかれらの一族が今よりはるかに権勢を誇っていたころ、監督教会の司教に対して我々の土地の十分の一税という旧来の特権を認めてやったのはほかでもないかれら自身ではなかったか？　あれは何ゆえだったのか？　かれら自身はかれらの宗教にとってもっとも大切なのはそんなこと(慣例的なこととか、そんなようなこと)より、もっと本質的なものにあると嘯《うそぶ》いていたが、我々に言わせれば、あの忌まわしいメソジストの連中は自分たちが誰よりも狡猾でうまく皆を騙しおおせると思い上がっていたからだ。事実そのほんの数年後にかれらの身の上に不幸が降りかかった。我々は当然こちらから騒ぎを起こすわけにはいかない。我々はマック・ディキンソン家と結託していた。当時我々はかれら氏族の勢力を強化すべく努めていたのだ。というのも燕麦租税に関するマック・コノリー家の悪名高い発案に抗いうる唯一の氏族がかれらだったから。だから村の広場の真ん中でマック・コノリー家のひとりが監督教会の者によってまるで悪魔の手先のように首輪を嵌められて見世物にされているのを目の当《ま》たりにしたときも、我々は敢えて介入することはしなかった。それは我々に関わりのない事件だったのだ。

いまやマック・ディキンソン家の連中はあらゆる村とあらゆる宿場で我が物顔に振る舞い、専横を極めている。かれらと同じ色のタータン模様が入ったキルトを穿いていないと、スコットランドの目抜き通りを出歩くことはできない有様である。おまけに監督教会に至っては、長老派教会にまったき忠誠を捧げる我等一族に対して悪口雑言を浴びせかけ、我等が地元の農民ばかりか、賄い女たちにまで我等に敵意を持つべくけしかける始末である。連中が何を目論んでいるかは承知している。おそらくマクダフ家あるいはマック・コックバーン家の者たち、ジャコモ・スチュワート王の古くからの信奉者たち、教皇権擁護者とかそういった者たちと——かれらは山羊たちに混ざって山の中の城砦に籠りほとんど盗賊同様の暮らしを余儀なくされているのだが、こうした者たちを誘い出して――結託しようというところだろう。

それにしてもこれはいったい宗教戦争なのか？　否。誰ひとり、監督教会のもっとも敬虔な信者でさえ、あんなビフテキ喰いのビールっ腹の（やつらは日曜日にまでビールを飲みまくる連中だ）マック・ディキンソン家のやつらのために戦うことが信義の為の行動だなんて信じてるやつはいやしない。では何だというのかって？　これはおそらくエジプトでの隷属状態のように、主の御心によるものだと思ってやがるのだろう。しかしイサクの子孫にだってファラオ家のために戦うことを求められてはいなかった。たとえ主がファラオ家の統治下でイサクの子孫が末永く苦しむことを願っていたにしても、だ。翻ってわがマック・ファーガソン家としては、仮に宗教戦争と相成ったならば、我等が忠誠心を高めるための試練としてこれを受け入れるだけだ。まあこのあたりでは正統なスコットランド教会の信者なんてのは選りすぐりの少数派だし、それも主が――そうでないことを祈るけれど――受難のためにお選びになった者たちだってことは承知しているのだが。この数か月間敵の襲撃のために少々おろそかにしていたのだが、わたしは聖書を手に取り、蠟燭の灯りでそれをぱらぱらとめくって目を通しながら、同時に窓の外に広がる荒れ野にも警戒の目を向けていた。そこにはつい今しがた、いつも夜明け間近にはそうであるように、風がさらさらと音を立てて通り抜けていった。駄目だ。わたしにはよくわからない。主が我々氏族間の問題に介入してきたら、そして宗教戦争になるとしたら――それも主の一存にかかっているのだが――どんなことになるのかわかりはしない。というのも我々にはそれぞれの利害があってそれぞれの罪があるのだ。マック・ディキンソン家に関しては尚更のこと。そして聖書によって明らかなように、主には人間たちが予想もしないような別個の目的を目指しておられるのである。

いやおそらく我々の罪はここにあるのだ。我々はこれまでもずっと、自分たちの諍《いさか》いを宗教上の諍いと認めはしなかった。そのほうが自分たちに都合良く身を処することができて妥協が打てると勘違いしてきた。スコットランドのこのあたりではいきすぎた妥協の気風があるせいか、氏族はどれも何かしらの下心をもって争っている。信仰がどの派閥の教会を通して行われるか、あるいは信者組織を通してなのか、我々の良心からなされるのか、といったことはどれもいまひとつ重味をもたなかった。

おや、あそこに……荒れ野の境のあたりに松明の明かりが近づいてくるのが見える。我等が見張り兵たちも気がついたようだ。塔の高みから警戒を呼びかける笛の音が聞こえる。戦いの行方はいかに？　おそらく我々全員が罪を贖う結果になるかもしれない。正直に生きる勇気を持たなかったという罪の代償を支払うのだ。スコットランドのこのあたりでは実のところ、長老派教会の者も監督教会の者もメソジストの者も信仰心などは持ち合わせていないのだ。貴族・聖職者・小作人・召使を問わず、いずれも常日頃から主の名を口にこそすれ、信じている者はいない。さぁて、東の空が白んできている。さあ、ものどもよ、目を覚ませ！　さっさと馬を用意せよ！

(Monologo notturno di un nobile scozzese, 1958)

《解説》
ふりそそぐ光のなかで——「魔法の庭」をぬけて作家は

かつて『魔法の庭』という標題のもと、わたしが短篇集を編んだのが一九九一年のこと。カルヴィーノが亡くなって六年が経っていた。編纂の意図は、〈大人〉(とその社会)からすれば居心地のよくない〈異物〉としての主人公の登場する短篇に絞って選ぶことで、作家のデビュー作『くもの巣の小道』(一九四七年)の主人公、少年ピンの幼いすがたや成長したすがたを読者にとどけることにあった。そしてその十一篇は、作家自身によって、一九五八年の時点で「むずかしい牧歌」として括られることになる短篇群でもあった。「むずかしい」状況に遭遇する主人公たちは、都会の森に迷い込んだ青年警官、若い犯罪者、世間からは無能とよばれる猟師、闇に怯えるパルチザン、そして何より、戦争ごっこが本物の戦争に侵蝕され、〈遊戯の終わり〉を体験する子どもたちとなってあらわれる。

だが作家カルヴィーノにとって、一連の自作短篇を「むずかしい」と形容し括った動機は、別のところにあったようだ。それは、「「幸福な」とか「易々と」と形容されることにウンザリ」したからだ、と刊行直後の講演でみずから告白していることからも判る(一九五九年三月二三日フィレンツェ、ヴィシュー図書館)。たしかに、本人も回想しているとおり、デビュー直後から、作家の才能をなにか僥倖であるかのように讃える批評家があとを絶たなかったことは事実だ。

その一方で、作家自身が同じ講演のなかで述べているとおり、第二次世界大戦直後のイタリアの状況が、そうした「容易さ」や「幸福」を書き手たちにもたらしたこともまた事実だといえるだろう。

わたしが書きはじめたころ、書くことは易しかった。ことばとものとのあいだを隔てるものはなかった。事実の力と文体、客観的世界と主観的世界とを隔てるものは。

それでも「ことばともの」を隔てるなにかに出くわして物語が生まれることもあった。

それは、あらかじめ「魔法の庭」のむこう側にある（待っている）もの、そして〈遊戯の終わり〉の正体を知っているかのように、ある種の幻滅の予感を漂わせている。本書巻頭に配した二篇「街に吹く風」「愛――故郷を遠く離れて」（ともに四六年）からは、あとにつづく十一篇とは異なる「ことばともの」の軋みが聞こえてくる。

そして「ことばともの」の軋みが最大限の音量に達したとき、「むずかしい」と形容されたカルヴィーノの「牧歌」的世界に、諷刺の、それも直截といってもかまわないであろう手法が迫りだしてきて、ほんの少しだけれど、『投票立会い人の一日』（六三年）にはじまり『レ・コスミコミケ』（六五年）を経て『見えない都市』（七二年）へといたるカルヴィーノの軌跡を先取りするような、法螺話と寓意の奇妙な同居がはじまったようにみえる。

本書巻末に配した三篇は、創作年代からして明らかなように、一九五六年十月に起きたいわゆるハンガリー動乱の評価と対応をめぐって、作家が最終的に共産党を離れ、あらたな政治的行動へと踏み出そうとしていた時期に生まれた作品だ。《木のぼり男爵》として生きようと決めた作家に、さてなにができるのか――そう自問を重ねていた時期と言ってもかまわない。

たとえば五七年七月に発表された「アンティル諸島の大凪」には、動かない海賊をパルミーロ・トリアッティ率いる共産党に、ドレーク提督をスターリンに、ガレオン船をキリスト教民主党に、語り手ドナルドおじさんをカルヴィーノ自身に置き換えればあまりに直截な、スターリニズムが生んだ状況をめぐる批判が諷刺譚となって繰りひろげられている。あるいはスプートニク号打ち上げの前後からはじまる米ソ宇宙競争の不毛を予見したかのような「空を見上げる部族」(五七年)も、キリスト教民主党、共産党、非教権派世俗勢力、それぞれをマック・ディキンソン家、マック・コノリー家、マック・ファーガソン家に擬《なぞら》えて、夜半に独りつぶやくスコットランド貴族の視点にみずからを重ねた本書を閉じる短篇(五八年)も、よくみれば、法螺話と寓意の奇妙な同居が生んだ諷刺譚にはちがいない。だから「ある夜のスコットランド貴族の独白」について、

わたしたちの過ちは、自分たちの戦争を宗教戦争として捉えることをいつも拒んできたことにある。そうすることで妥協に達することが少しでも容易になると思い込んでいたのだ。

と週刊誌掲載に際して反省の弁を綴ったのは、カルヴィーノのなかに、そうした停滞した状況を生んだみずからのもどかしさがどこから来るのか、そしてそのもどかしさを振りはらう糸口がどこにあるのかが、少し視界が晴れて摑めてきたからだったのかもしれない。

そうしてはじめてカルヴィーノは、みずからの作家としての歩みをふり返る決断にたどり着き、『短篇集』(五八年)を編むことで、読者に、その軌跡が見通せる手がかりをあたえることにしたのではないだろうか。

では『短篇集』を編んだとき、果たしてカルヴィーノは《短篇》という物語形式にどれほどの可能性をみていたのだろうか。

この問いにたいする答えを推し量る手がかりを、作家が六九年に残したメモにもとめることができる。そこには、四九年に初版が刊行されていた第一短篇集『最後に鳥がやってくる』の増補版を、五〇年代初頭に計画していたが果たせず、五八年に別の編纂で『短篇集』が刊行されるにいたった経緯が記されている。

作家の述懐を信じるとすれば、増補版の構想のなかで追加を予定していた短篇は八篇あったことになる。そして事実、六九年に実現した増補版『最後に鳥がやってくる』には当該の八篇が附加されている。

その八篇のうち半数を、本書にはおさめることにした。具体的には、「だれも知らなかった」「大きな魚、小さな魚」(ともに五〇年)「楽しみはつづかない(「軍人と子どもたち」を改題)」(五二年)「不実の村」(五三年)の四篇である。当初『魔法の庭』として編んだ短篇集に収載した全十一篇の三分の一強を占めるこれらの作品と、残りの七篇には、三つの共通点がある——少なくとも編者として、わたしはそう考えている。

四六年執筆の「小道の恐怖」から五三年執筆の「不実の村」までの残りの七篇を貫いている特徴は、①レジスタンス(戦争あるいは暴力)をサスペンスや恐怖の冒険として描いた短篇(これが当時の主流ということもできる)、②戦後を舞台にしたピカレスクロマン(人びとの暮らし、そしてなにより《食欲》の物語)、③リグリア海岸の《風景》の物語(子ども、少年少女、動物たちの「記憶の文学」をごく私的に展開したものとよんでもいいかもしれない)の三つに集約されるだろう。

そして、実際には個々の短篇において、これら三つの要素がそのつど割合を変え融合しつつ物語が紡ぎだされていったと言ってかまわない。同じ時期に執筆されたカルヴィーノの短篇がつねにこれら三要素を兼ね備えているわけではないことは、たとえば短篇選集『むずかしい愛』(岩波文庫)におさめた「ある兵士の冒険」(四九年)をはじめ、いくつもの作品が証明している。三つのうち二つを満たすことはあっても、三つすべてとなるとなかなか見あたらないからだ。とりわけ第三の要素、つまりリグリアの風景を描いた物語となると、『木のぼり男爵』と『遠ざかる家』という、ともに五七年に執筆された中長篇を待たなければならないが、だからといってこの歴史空想譚と奇妙に空疎な第二次大戦後のリアリズム小説が他の二要素を満たしているわけでもないことを思えば、ほぼつねに三要素を兼ね備えた当初『魔法の庭』として編んだ十一篇がいかに稀有な作品群であるかがわかるだろう。

言い換えれば、その十一篇どれを開いても、日夜リグリア海をながめ、暮らしをいとなむ人びとのすがたがまずあって、その過去や現在において戦争や暴力の影が差していることも、ときには主人公自身が社会の底辺や埒外に位置する(あるいは位置させられている)弱者や年少者であったりすることも、すべてが《日常》として物語のなかに繰り込まれている。

当初おさめた十一篇を書いたとき、カルヴィーノは『くもの巣の小道』(四七年)と『まっぷたつの子爵』(五二年)というレジスタンスの物語と十字軍の荒唐無稽な物語の作者ではあっても、『イタリア民話集』(五六年)の編者にして再話者ではなかったという事実に着目しよう。

すでに別のところでも述べたように、カルヴィーノは民話との出会いをとおして物語の可能性、とりわけその融通無碍な語りの様態を発見し確信するにいたった(岩波講座文学第六巻『虚構の愉しみ』所載「カルヴィーノとイタリア民話の想像力」参照のこと)。だが、民話を《発見》する以前から、カルヴィーノのなかに、《民話的な何ものか》がしばしば頭をもたげては物語を引っ張っていくことがあって、そんなときにはともかく物語の流れに身を任せてみればいい、という経験が幾度かあって、それが生来の資質とは言わないまでも、物語生成の秘訣めいたものとして、刻み込まれていたのかもしれない、その経験が民話を《発見》したことで顕在化し意識化されたのかもしれない、と考えたとしてもさして強引ではないかもしれないと思うことがある。

それは、ほかでもない当初『魔法の庭』として編んだ十一篇を読むときだ。あるいは、リグリアの海と町、そのすぐ背後にひろがるアルプスの山麓と村にふりそそぐ陽の光が物語のページを繰るわたしたちの視界に射し込んでくるときであると言ってもかまわない。

「蟹だらけの船」(四七年)の海びらき当日の〈悲しみ広場〉の光景にも、「動物たちの森」(四八年)で繰りひろげられる奇妙に浮かれたパルチザン狩りの光景にも、つねに光がふりそそいでいる。海でも山麓でも、いったん跡切れたとしても、かならず陽の光が物語のなかにかえってくる。「魔法の庭」(四八年)と「楽しみはつづかない」に登場する少年と少女、ジョヴァンニーノとセレネッラの冒険においても、陽の光は《日常》と《非日常》をつなぐ架け橋のようにして射し込んでくる。

いつの間にか跡切れていた陽の光がふたたび射し込んでくるとき、きっとわたしたちは、たとえばジョヴァンニーノとセレネッラ同様、いつもの世界にもどってきて安堵する気持ちと、かけがえのないなにかを向こう側に置き去りにしてきたような心残りとを、同時にかみしめながら、光の射してくる源あたりにむなしく視線を送ってみるにちがいない。それが甲斐ないあがきであることは承知のうえで、光源に目を凝らそうとするのは、たぶん日常の向こう側で垣間見た世界とそこに流れていた時間が、ことのほか心地よかったという実感があるからだ。

ジョヴァンニーノとセレネッラのように、「魔法」の世界と日常とが背中合わせでいることに一度気づいてしまった者は、いつでも、自分がその気にさえなれば、「魔法の庭」のある世界に身を躍らせることができるようになる。いったん非日常への通路を発見してしまえば、あとはちょっとした勇気と決断だけで往来が可能になる――当初編んだ十一の短篇が共通して語っているのは、もしかしたらこんな《遊戯》めいた発見にすぎないのかもしれない。

けれど、これら十一篇の物語が生まれたころ、少なくともイタリアでは、ナタリア・ギンズブルグの回想にあるように、「書くことは当然まなじりを決して厳に節約を旨とする」とみなされた結果、物語られた世界は「霧と雨と灰に支配されていた」のである。そんななかにあって、カルヴィーノの作品世界がもたらした「胸躍る気分、太陽の光は奇蹟みたいに思えた」と同じ町トリノから出発した小説家は告白している。「太陽と月」と題されたそのエッセイには、さらに次のようなくだりも登場して、わたしたちの作家を読み解くさらなる手がかりがあたえられる。

五六年、カルヴィーノは『イタリア民話集』を刊行した。『ピノッキオ』以来、イタリアに登場した子ども向けの本としてはもっともうつくしい作品だと思う。『イタリア民話集』における文体は速さと透明性をそなえている。ひとはそこから、具体性、簡潔性、そして羽根のような軽さを学ぶことができる。そして『イタリア民話集』には、わたしたちがかれの最初期の短篇とおなじく『まっぷたつの子爵』においても出会うあの陽気な太陽の光が全体を支配している。

『ある家族の会話』の作者が指摘する『イタリア民話集』の文体がそなえる特質、「速さ」と「透明性」がわたしたち読者につたえるものが、かりに「具体性、簡潔性、(……)軽さ」であるとしたとき、これら三つの要素は、わたしたちの作家が急逝する直前まで推敲を重ねていたアメリカでの講義草稿において、繰り返し言及され、称揚されることになる来たる千年紀が維持すべき《文学の価値》と一致していることに気づく。

言い換えれば、カルヴィーノは五六年の時点ですでに、ある確信を持って、《文学の価値》を見定めていたと考えることができる。そしてさらに目を凝らしてみれば、カルヴィーノの《文学の価値》をめぐる確信めいた思いの根源にあるのは、『まっぷたつの子爵』より以前に執筆された「最初期の短篇」に充満している「あの陽気な太陽の光」なのかもしれない。

作家カルヴィーノの軌跡すべての起点がこれら「最初期の短篇」にある——この至極

ありきたりの確認が、カルヴィーノ作品全体にとって、じつはこの上なく大切なのだということを、当初おさめた十一篇は教えている。

カルヴィーノの作品には最晩年の『パロマー』(岩波文庫)にいたるまで、いつも陽の光が射し込んでいた(『パロマー』を閉じる「うまい死に方」において、光の道が閉ざされるまで、ということだけれど)ことにあらためて思いあたる。

そんなカルヴィーノの特質を見抜いたギンズブルグという作家の慧眼にも驚かざるを得ない。

けれどもっと驚くのは、その慧眼の持ち主について、当のカルヴィーノが述べている事柄だ。

カルヴィーノはナタリアについて「その単純さの秘密」を一人称の声の謙虚さにあると指摘したうえで、「海水をいったん漏斗で濾してからごく限られた数の表現手段を見定め、その手段を使ってとても込み入ったなにかを表現しようとする」からこそ、「詩的緊張」が生まれるのだと評価する。だが、それはほかでもない、カルヴィーノ自身の手法を明かしているようにみえる。

いまや文学はそうした漏斗のことを忘れる傾向にある。すべてを書くことができると思いこみ、海が海として表現され伝えられると思いこんで、海についてであれ何かについてであれ、何ひとつ伝えないまま、言葉だけが残ってしまう。ナタリアは言葉を口にしない。いつも、ものを名指すだけだ。

厳格で禁欲的な濾過作用を経ることでしか、「海」を表現することはかなわない――そのために自前の「漏斗」をいちはやく整えて、「ものを名指す」ことこそ、物語ることなのかもしれないと、青年カルヴィーノは気づいていたようにみえる。

＊

最後に、晶文社で版を重ね、ちくま文庫に版を移したものの、入手困難になっていた短篇集『魔法の庭』に、五篇を加え、装いも新たに、ふたたび読者のもとにとどけることができるのは、岩波文庫編集長入谷芳孝さんのおかげです。心より感謝します。

二〇一八年七月

和田忠彦

〔編集付記〕

本書はイタロ・カルヴィーノ『魔法の庭』(和田忠彦訳、晶文社、一九九一年/ちくま文庫、二〇〇七年)所収のすべての短篇に、「街に吹く風」「愛」「アンティル諸島の大凪」「空を見上げる部族」「ある夜のスコットランド貴族の独白」の五篇を追加して、文庫化したものである。

(岩波文庫編集部)

魔法《まほう》の庭《にわ》・空《そら》を見上《みあ》げる部族《ぶぞく》 他十四篇
カルヴィーノ作

2018年9月14日　第1刷発行

訳　者　和田忠彦《わだただひこ》

発行者　岡本　厚

発行所　株式会社　岩波書店
〒101-8002 東京都千代田区一ツ橋 2-5-5

案内 03-5210-4000　営業部 03-5210-4111
文庫編集部 03-5210-4051
http://www.iwanami.co.jp/

印刷・三陽社　カバー・精興社　製本・中永製本

ISBN 978-4-00-327097-4　Printed in Japan

読書子に寄す

——岩波文庫発刊に際して——

岩波茂雄

真理は万人によって求められることを自ら欲し、芸術は万人によって愛されることを自ら望む。かつては民を愚昧ならしめるために学芸が最も狭き堂宇に閉鎖されたことがあった。今や知識と美とを特権階級の独占より奪い返すことはつねに進取的なる民衆の切実なる要求である。岩波文庫はこの要求に応じそれに励まされて生まれた。それは生命ある不朽の書を少数者の書斎と研究室とより解放して街頭にくまなく立たしめ民衆に伍せしめるであろう。近時大量生産予約出版の流行を見る。その広告宣伝の狂態はしばらくおくも、後代にのこすと誇称する全集がその編集に万全の用意をなしたるか。千古の典籍の翻訳企図に敬虔の態度を欠かざりしか。さらに分売を許さず読者を繋縛して数十冊を強うるがごとき、はたしてその揚言する学芸解放のゆえんなりや。吾人は天下の名士の声に和してこれを推挙するに躊躇するものである。このときにあたって、岩波書店は自己の責務のいよいよ重大なるを思い、従来の方針の徹底を期するため、すでに十数年以前より志して来た計画を慎重審議この際断然実行することにした。吾人は範をかのレクラム文庫にとり、古今東西にわたって文芸・哲学・社会科学・自然科学等種類のいかんを問わず、いやしくも万人の必読すべき真に古典的価値ある書をきわめて簡易なる形式において逐次刊行し、あらゆる人間に須要なる生活向上の資料、生活批判の原理を提供せんと欲する。この文庫は予約出版の方法を排したるがゆえに、読者は自己の欲する時に自己の欲する書物を各個に自由に選択することができる。携帯に便にして価格の低きを最主とするがゆえに、外観を顧みざるも内容に至っては厳選最も力を尽くし、従来の岩波出版物の特色をますます発揮せしめようとする。この計画たるや世間の一時の投機的なるものと異なり、永遠の事業として吾人は微力を傾倒し、あらゆる犠牲を忍んで今後永久に継続発展せしめ、もって文庫の使命を遺憾なく果たさしめることを期する。芸術を愛し知識を求むる士の自ら進んでこの挙に参加し、希望と忠言とを寄せられることは吾人の熱望するところである。その性質上経済的には最も困難多きこの事業にあえて当たらんとする吾人の志を諒として、その達成のため世の読書子とのうるわしき共同を期待する。

昭和二年七月

《南北ヨーロッパ他文学》〔赤〕

ダンテ 神曲 全三冊　山川丙三郎訳
ダンテ 新生　山川丙三郎訳
抜目のない未亡人　ゴルドーニ 平川祐弘訳
珈琲店・恋人たち　ゴルドーニ 平川祐弘訳
夢のなかの夢　タブッキ 和田忠彦訳
ルネッサンス巷談集　フランコ・サケッティ 杉浦明平訳
カルヴィーノ イタリア民話集 全二冊　河島英昭編訳
むずかしい愛　カルヴィーノ 和田忠彦訳
パロマー　カルヴィーノ 和田忠彦訳
カルヴィーノ アメリカ講義 ―新たな千年紀のための六つのメモ　米川良夫・和田忠彦訳
愛神の戯れ ―牧歌劇『アミンタ』　トルクァート・タッソ 鷲平京子訳
タッソ エルサレム解放　A・ジュリアーニ編 鷲平京子訳
わが秘密　ペトラルカ 近藤恒一訳
ペトラルカ 無知について　近藤恒一訳
無関心な人びと 全二冊　モラーヴィア 河島英昭訳
流刑　パヴェーゼ 河島英昭訳

祭の夜　パヴェーゼ 河島英昭訳
月と篝火　パヴェーゼ 河島英昭訳
シチリアでの会話　ヴィットリーニ 鷲平京子訳
休戦　プリーモ・レーヴィ 竹山博英訳
ウンベルト・エーコ 小説の森散策　和田忠彦訳
タタール人の砂漠　ブッツァーティ 脇功訳
七人の使者・神を見た犬 他十三篇　ブッツァーティ 脇功訳
キリストはエボリで止まった　カルロ・レーヴィ 竹山博英訳
ラサリーリョ・デ・トルメスの生涯　会田由訳
ドン・キホーテ 前篇 全三冊　セルバンテス 牛島信明訳
ドン・キホーテ 後篇 全三冊　セルバンテス 牛島信明訳
セルバンテス短篇集　牛島信明編訳
ドン・フワン・テノーリオ　ホセ・ソリーリャ 高橋正武訳
葦と泥 付 バレンシア物語　ブラスコ・イバニェス 高橋正武訳
人の世は夢・サラメアの村長　カルデロン 高橋正武訳
恐ろしき媒　ホセ・エチェガライ 永田寛定訳
作り上げた利害　ベナベンテ 永田寛定訳

エスピノーサ スペイン民話集　三原幸久編訳
エル・シードの歌　長南実訳
プラテーロとわたし　J・R・ヒメーネス 長南実訳
オルメードの騎士　ロペ・デ・ベガ 長南実訳
父の死に寄せる詩　ホルヘ・マンリーケ 佐竹謙一訳
サラマンカの学生 他六篇　エスプロンセーダ 佐竹謙一訳
セビーリャの色事師と石の招客 他一篇　ティルソ・デ・モリーナ 佐竹謙一訳
ティラン・ロ・ブラン 全四冊　J・マルトゥレイ M・J・ダ・ガルバ 田澤耕訳
完訳 アンデルセン童話集 全七冊　大畑末吉訳
即興詩人 全二冊　アンデルセン 大畑末吉訳
絵のない絵本　アンデルセン 大畑末吉訳
ヴィクトリア　クヌート・ハムスン 冨原眞弓訳
フィンランド叙事詩 カレワラ 全二冊　リョンロット編 小泉保訳
イプセン 人形の家　原千代海訳
イプセン ヘッダ・ガーブレル　原千代海訳
ポルトガリヤの皇帝さん　ラーゲルレーヴ イシガ オサム訳
スイスのロビンソン 全二冊　ウィース 宇多五郎訳

クオ・ワディス 全三冊 シェンキェーヴィチ 木村彰一訳
おばあさん ニェムツォヴァー 栗栖継訳
兵士シュヴェイクの冒険 全四冊 ハシェク 栗栖継訳
山椒魚戦争 カレル・チャペック 栗栖継訳
ロボット (R・U・R) チャペック 千野栄一訳
絞首台からのレポート ユリウス・フチーク 栗栖継訳
尼僧ヨアンナ イヴァシュキェヴィッチ 関口時正訳
灰とダイヤモンド 全二冊 アンジェイェフスキ 川上洸訳
牛乳屋テヴィエ ショレム・アレイヘム 西成彦訳
冗談 ミラン・クンデラ 西永良成訳
小説の技法 ミラン・クンデラ 西永良成訳
ルバイヤート オマル・ハイヤーム 小川亮作訳
中世騎士物語 ブルフィンチ 野上弥生子訳
王書 —古代ペルシャの神話・伝説 フェルドウスィー 岡田恵美子訳
コルタサル短篇集 悪魔の涎・追い求める男 他八篇 木村榮一訳
遊戯の終わり コルタサル 木村榮一訳
ペドロ・パラモ ファン・ルルフォ 杉山晃 増田義郎訳

伝奇集 J・L・ボルヘス 鼓直訳
創造者 J・L・ボルヘス 鼓直訳
続審問 J・L・ボルヘス 中村健二訳
七つの夜 J・L・ボルヘス 野谷文昭訳
詩という仕事について J・L・ボルヘス 鼓直訳
汚辱の世界史 J・L・ボルヘス 中村健二訳
ブロディーの報告書 J・L・ボルヘス 鼓直訳
アレフ J・L・ボルヘス 鼓直訳
グアテマラ伝説集 M・A・アストゥリアス 牛島信明訳
緑の家 全二冊 バルガス＝リョサ 木村榮一訳
密林の語り部 バルガス＝リョサ 西村英一郎訳
弓と竪琴 オクタビオ・パス 牛島信明訳
失われた足跡 カルペンティエル 牛島信明訳
やし酒飲み エイモス・チュツオーラ 土屋哲訳
薬草まじない エイモス・チュツオーラ 土屋哲訳
ジャンプ 他十一篇 ナディン・ゴーディマ 柳沢由実子訳
マイケル・K J・M・クッツェー くぼたのぞみ訳

《ロシア文学》〔赤〕

- オネーギン　プーシキン　池田健太郎訳
- スペードの女王・ベールキン物語　プーシキン　神西清訳
- 狂人日記 他二篇　ゴーゴリ　横田瑞穂訳
- 外套・鼻　ゴーゴリ　平井肇訳
- 死せる魂 全三冊　ゴーゴリ　平井肇・横田瑞穂訳
- ディカーニカ近郷夜話 全二冊　ゴーゴリ　平井肇訳
- 平凡物語 全二冊　ゴンチャロフ　井上満訳
- 初恋　ツルゲーネフ　米川正夫訳
- ツルゲーネフ 散文詩　神西清・池田健太郎訳
- オブローモフ主義とは何か? 他一篇　ドブロリューボフ　金子幸彦訳
- 二重人格　ドストエフスキー　小沼文彦訳
- 罪と罰 全三冊　ドストエフスキー　江川卓訳
- 白痴 全二冊　ドストエーフスキイ　米川正夫訳
- カラマーゾフの兄弟 全四冊　ドストエーフスキイ　米川正夫訳
- 家族の記録　アクサーコフ　黒田辰男訳
- 釣魚雑筆　アクサーコフ　貝沼一郎訳

- アンナ・カレーニナ 全三冊　トルストイ　中村融訳
- 幼年時代　トルストイ　藤沼貴訳
- 少年時代　トルストイ　藤沼貴訳
- 戦争と平和 全六冊　トルストイ　藤沼貴訳
- トルストイ民話集 人はなんで生きるか 他四篇　中村白葉訳
- トルストイ民話集 イワンのばか 他八篇　中村白葉訳
- イワン・イリッチの死　トルストイ　米川正夫訳
- クロイツェル・ソナタ　トルストイ　米川正夫訳
- 復活 全二冊　トルストイ　藤沼貴訳
- 人生論　トルストイ　中村融訳
- セワストーポリ　トルストイ　中村白葉訳
- 生ける屍　トルストイ　米川正夫訳
- かもめ　チェーホフ　浦雅春訳
- 桜の園　チェーホフ　小野理子訳
- 六号病棟・退屈な話 他五篇　チェーホフ　松下裕訳
- サハリン島 全二冊　チェーホフ　中村融訳
- シベリヤの旅 他三篇　チェーホフ　神西清訳

- チェーホフ 妻への手紙 全二冊　湯浅芳子訳
- ともしび・谷間 他七篇　チェーホフ　松下裕訳
- サーニン 全二冊　アルツィバーシェフ　中村白葉訳
- どん底　ゴーリキイ　中村白葉訳
- 芸術におけるわが生涯 全三冊　スタニスラフスキー　蔵原惟人・江川卓訳
- 魅せられた旅人　レスコーフ　木村彰一訳
- かくれんぼ・毒の園 他五篇　ソログープ　中山省三郎・昇曙夢訳
- ベリンスキー ロシヤ文学評論集 全二冊　除村吉太郎訳
- プラトーノフ作品集　原卓也訳
- 巨匠とマルガリータ 全二冊　ブルガーコフ　水野忠夫訳

《イギリス文学》〔赤〕

- ユートピア　トマス・モア／平井正穂訳
- 完訳カンタベリー物語 全三冊　チョーサー／桝井迪夫訳
- ヴェニスの商人　シェイクスピア／中野好夫訳
- ジュリアス・シーザー　シェイクスピア／中野好夫訳
- 十二夜　シェイクスピア／小津次郎訳
- ハムレット　シェイクスピア／野島秀勝訳
- オセロウ　シェイクスピア／菅泰男訳
- リア王　シェイクスピア／野島秀勝訳
- マクベス　シェイクスピア／木下順二訳
- ソネット集　シェイクスピア／高松雄一訳
- ロミオとジューリエット　シェイクスピア／平井正穂訳
- リチャード三世　シェイクスピア／木下順二訳
- 対訳シェイクスピア詩集 —イギリス詩人選(1)　柴田稔彦編
- 失楽園 全二冊　ミルトン／平井正穂訳
- ロビンソン・クルーソー 全二冊　デフォー／平井正穂訳
- ガリヴァー旅行記　スウィフト／平井正穂訳
- ジョウゼフ・アンドルーズ 全二冊　フィールディング／朱牟田夏雄訳
- トリストラム・シャンディ 全三冊　ロレンス・スターン／朱牟田夏雄訳
- ウェイクフィールドの牧師 —むだばなし　ゴールドスミス／小野寺健訳
- 幸福の探求 —アビシニアの王子ラセラスの物語　サミュエル・ジョンソン／朱牟田夏雄訳
- 対訳バイロン詩集 —イギリス詩人選(8)　笠原順路編
- 対訳ブレイク詩集 —イギリス詩人選(4)　松島正一編
- ブレイク詩集　寿岳文章訳
- ワーズワース詩集　田部重治選訳
- 対訳ワーズワス詩集 —イギリス詩人選(3)　山内久明編
- キプリング短篇集　橋本槙矩編訳
- 高慢と偏見 全二冊　ジェーン・オースティン／富田彬訳
- 説きふせられて　ジェーン・オースティン／富田彬訳
- エマ 全二冊　ジェーン・オースティン／工藤政司訳
- 対訳テニスン詩集 —イギリス詩人選(5)　西前美巳編
- 虚栄の市 全四冊　サッカリー／中島賢二訳
- 床屋コックスの日記・馬丁粋語録　サッカレ／平井呈一訳
- デイヴィッド・コパフィールド 全五冊　ディケンズ／石塚裕子訳
- ディケンズ短篇集　小池滋・石塚裕子訳
- オリヴァ・ツウィスト 全二冊　ディケンズ／本多季子訳
- 大いなる遺産 全二冊　ディケンズ／石塚裕子訳
- 鎖を解かれたプロメテウス　シェリー／石川重俊訳
- 対訳シエリー詩集 —イギリス詩人選(9)　アルヴィ宮本なほ子編
- ジェイン・エア 全二冊　シャーロット・ブロンテ／河島弘美訳
- 嵐が丘 全二冊　エミリー・ブロンテ／河島弘美訳
- 教養と無秩序　マシュー・アーノルド／多田英次訳
- アルプス登攀記 全二冊　ウィンパー／浦松佐美太郎訳
- ハーディ テス 全二冊　井上宗次・石田英二訳
- ハーディ短篇集　井出弘之編訳
- 緑の木蔭 —和蘭派田園画　トマス・ハーディ／阿部知二訳
- 緑の館 —熱帯林のロマンス　ハドソン／柏倉俊三訳
- 宝島　スティーヴンスン／阿部知二訳
- ジーキル博士とハイド氏　スティーヴンスン／海保眞夫訳
- プリンス・オットー　スティーヴンスン／小川和夫訳
- 新アラビヤ夜話　スティーヴンスン／佐藤緑葉訳

南海千一夜物語	スティーヴンスン 中村徳三郎訳
若い人々のために 他十一篇	スティーヴンスン 岩田良吉訳
マーカイム・壜の小鬼 他五篇	スティーヴンソン 高松雄一 高松禎子訳
怪談 —不思議なことの物語と研究	ラフカディオ・ハーン 平井呈一訳
サロメ	ワイルド 福田恆存訳
人と超人	バーナード・ショー 市川又彦訳
ヘンリ・ライクロフトの私記	ギッシング 平井正穂訳
闇の奥	コンラッド 中野好夫訳
コンラッド短篇集	中島賢二編訳
対訳 イエイツ詩集	高松雄一編
月と六ペンス	モーム 行方昭夫訳
読書案内 —世界文学	W・S・モーム 西川正身訳
世界の十大小説 全二冊	W・S・モーム 西川正身訳
人間の絆 全三冊	モーム 行方昭夫訳
夫が多すぎて	モーム 海保眞夫訳
サミング・アップ	モーム 行方昭夫訳
モーム短篇選 全二冊	行方昭夫編訳
お菓子とビール	モーム 行方昭夫訳
荒地	T・S・エリオット 岩崎宗治訳
悪口学校	シェリダン 菅泰男訳
パリ・ロンドン放浪記	ジョージ・オーウェル 小野寺健訳
動物農場 —おとぎばなし	ジョージ・オーウェル 川端康雄訳
対訳 キーツ詩集 —イギリス詩人選(10)	宮崎雄行編
キーツ詩集	中村健二訳
20世紀イギリス短篇選 全二冊	小野寺健編訳
イギリス名詩選	平井正穂編
タイム・マシン 他九篇	H・G・ウエルズ 橋本槇矩訳
透明人間	H・G・ウエルズ 橋本槇矩訳
モロー博士の島 他九篇	H・G・ウエルズ 橋本槇矩 鈴木万里訳
トーノ・バンゲイ 全二冊	ウエルズ 中西信太郎訳
回想のブライズヘッド 全二冊	イーヴリン・ウォー 小野寺健訳
愛されたもの	イーヴリン・ウォー 中村健二 出淵博訳
イギリス民話集	河野一郎編訳
白衣の女 全三冊	ウィルキー・コリンズ 中島賢二訳
夢の女・恐怖のベッド 他六篇	ウィルキー・コリンズ 中島賢二訳
対訳 英米童謡集	河野一郎編訳
完訳 ナンセンスの絵本	エドワード・リア 柳瀬尚紀訳
灯台へ	ヴァージニア・ウルフ 御輿哲也訳
船出 全二冊	ヴァージニア・ウルフ 川西進訳
夜の来訪者	プリーストリー 安藤貞雄訳
イングランド紀行 全二冊	プリーストリー 橋本槇矩訳
アーネスト・ダウスン作品集	南條竹則編訳
スコットランド紀行	エドウィン・ミュア 橋本槇矩訳
狐になった奥様	ガーネット 安藤貞雄訳
ヘリック詩鈔	森亮訳
たいした問題じゃないが —イギリス・コラム傑作選	行方昭夫編訳
英国ルネサンス恋愛ソネット集	岩崎宗治編訳
文学とは何か —現代批評理論への招待 全二冊	テリー・イーグルトン 大橋洋一訳
D・G・ロセッティ作品集	南條竹則 松村伸一編訳

《アメリカ文学》〔赤〕

ギリシア・ローマ神話 付インド・北欧神話　ブルフィンチ　野上弥生子訳
中世騎士物語　ブルフィンチ　野上弥生子訳
フランクリン自伝　松本慎一　西川正身訳
フランクリンの手紙　蕗沢忠枝編訳
スケッチ・ブック 全二冊　アーヴィング　齊藤昇訳
アルハンブラ物語 全二冊　アーヴィング　平沼孝之訳
ウォルター・スコット邸訪問記　アーヴィング　齊藤昇訳
ブレイスブリッジ邸　アーヴィング　齊藤昇訳
完訳 緋文字　ホーソーン　八木敏雄訳
哀詩 エヴァンジェリン　ロングフェロー　斎藤悦子訳
黒猫・モルグ街の殺人事件 他五篇　ポオ　中野好夫訳
対訳 ポー詩集 —アメリカ詩人選(1)　加島祥造編
黄金虫・アッシャー家の崩壊 他九篇　ポオ　八木敏雄訳
ポオ評論集　八木敏雄編訳
森の生活 (ウォールデン) 全二冊　ソロー　飯田実訳
白鯨 全三冊　メルヴィル　八木敏雄訳

幽霊船 他一篇　ハーマン・メルヴィル　坂下昇訳
対訳 ホイットマン詩集 —アメリカ詩人選(2)　木島始編
対訳 ディキンソン詩集 —アメリカ詩人選(3)　亀井俊介編
不思議な少年　マーク・トウェーン　中野好夫訳
王子と乞食　マーク・トウェイン　村岡花子訳
人間とは何か　マーク・トウェイン　中野好夫訳
ハックルベリー・フィンの冒険 全二冊　マーク・トウェイン　西田実訳
いのちの半ばに　ビアス　西川正身訳
新編 悪魔の辞典　ビアス　西川正身編訳
ヘンリー・ジェイムズ短篇集　大津栄一郎編訳
大使たち 全二冊　ヘンリー・ジェイムズ　青木次生訳
ワシントン・スクエア　ヘンリー・ジェイムズ　河島弘美訳
赤い武功章 他三篇　クレイン　西田実訳
シカゴ詩集　サンドバーグ　安藤一郎訳
大地 全四冊　パール・バック　小野寺健訳
シスター・キャリー 全二冊　ドライサー　村山淳彦訳
熊 他三篇　フォークナー　加島祥造訳

響きと怒り 全二冊　フォークナー　平石貴樹　新納卓也訳
アブサロム、アブサロム! 全二冊　フォークナー　藤平育子訳
八月の光 全二冊　フォークナー　諏訪部浩一訳
楡の木陰の欲望　オニール　井上宗次訳
日はまた昇る　ヘミングウェイ　谷口陸男訳
ヘミングウェイ短篇集 全二冊　谷口陸男編訳
怒りのぶどう 全三冊　スタインベック　大橋健三郎訳
ブラック・ボーイ —ある幼少期の記録 全二冊　リチャード・ライト　野崎孝訳
オー・ヘンリー傑作選　大津栄一郎訳
小公子　バアネット　若松賤子訳
アメリカ名詩選　亀井俊介　川本皓嗣編
20世紀アメリカ短篇選 全二冊　大津栄一郎編訳
孤独な娘　ナサニエル・ウエスト　丸谷才一訳
魔法の樽 他十二篇　マラマッド　阿部公彦訳
青白い炎　ナボコフ　富士川義之訳
風と共に去りぬ 全六冊　マーガレット・ミッチェル　荒このみ訳

《ドイツ文学》〔赤〕

ニーベルンゲンの歌 全二冊　相良守峯訳
若きウェルテルの悩み　ゲーテ　竹山道雄訳
ヴィルヘルム・マイスターの修業時代 全三冊　ゲーテ　山崎章甫訳
イタリア紀行 全三冊　ゲーテ　相良守峯訳
ファウスト 全二冊　ゲーテ　相良守峯訳
ゲーテとの対話 全三冊　エッカーマン　山下肇訳
ヴィルヘルム・テル　シラー　桜井政隆・桜井国隆訳
ヘルダーリン詩集　川村二郎訳
青い花　ノヴァーリス　青山隆夫訳
夜の讃歌・サイスの弟子たち 他一篇　ノヴァーリス　今泉文子訳
完訳 グリム童話集 全五冊　金田鬼一訳
水妖記（ウンディーネ）　フーケー　柴田治三郎訳
O侯爵夫人 他六篇　クライスト　相良守峯訳
影をなくした男　シャミッソー　池内紀訳
ハイネ 歌の本 全二冊　井上正蔵訳
流刑の神々・精霊物語　ハイネ　小沢俊夫訳

冬物語 ―ドイツ―　ハイネ　井汲越次訳
ユーディット 他一篇　ヘッベル　吹田順助訳
芸術と革命 他四篇　ワーグナー　北村義男訳
ブリギッタ・森の泉 他一篇　シュティフター　宇多五郎・高安国世訳
みずうみ 他四篇　シュトルム　関泰祐訳
美しき誘い 他一篇　シュトルム　国松孝二訳
聖ユルゲンにて・後見人カルステン 他一篇　シュトルム　国松孝二訳
村のロメオとユリア　ケラー　草間平作訳
夢小説・闇への逃走 他一篇　シュニッツラー　池内紀・武村知子訳
花・死人に口なし 他七篇　シュニッツラー　番匠谷英一・山本有三訳
リルケ詩集　高安国世訳
ドゥイノの悲歌　リルケ　手塚富雄訳
ブッデンブローク家の人びと 全三冊　トーマス・マン　望月市恵訳
トオマス・マン短篇集　実吉捷郎訳
魔の山 全二冊　トーマス・マン　関泰祐・望月市恵訳
トニオ・クレエゲル　トオマス・マン　実吉捷郎訳
ヴェニスに死す　トオマス・マン　実吉捷郎訳

講演集 ドイツとドイツ人 他五篇　トーマス・マン　青木順三訳
車輪の下　ヘルマン・ヘッセ　実吉捷郎訳
デミアン　ヘルマン・ヘッセ　実吉捷郎訳
シッダルタ　ヘッセ　手塚富雄訳
美しき惑いの年　カロッサ　手塚富雄訳
若き日の変転　カロッサ　斎藤栄治訳
幼年時代　カロッサ　斎藤栄治訳
指導と信従　カロッサ　国松孝二訳
マリー・アントワネット 全二冊　シュテファン・ツワイク　高橋禎二・秋山英夫訳
ジョゼフ・フーシェ ―ある政治的人間の肖像―　シュテファン・ツワイク　高橋禎二・秋山英夫訳
変身・断食芸人　カフカ　山下肇・山下萬里訳
審判　カフカ　辻瑆訳
カフカ短篇集　池内紀編訳
カフカ寓話集　池内紀編訳
肝っ玉おっ母とその子どもたち　ブレヒト　岩淵達治訳
天と地との間　オットー・ルートヴィヒ　黒川武敏訳
ほらふき男爵の冒険　ビュルガー編　新井皓士訳

憂愁夫人　ズーデルマン　相良守峯訳
短篇集 死神とのインタヴュー　ノサック　神品芳夫訳
悪童物語　ルウドキヒ・トオマ　実吉捷郎訳
芸術を愛する一修道僧の真情の披瀝　ヴァッケンローダー　江川英一訳
大理石像・デュランデ城悲歌　アイヒェンドルフ　関泰祐訳
改訳 愉しき放浪児　アイヒェンドルフ　関泰祐訳
ホフマンスタール詩集　川村二郎訳
陽気なヴッツ先生 他一篇　ジャン・パウル　岩田行一訳
蜜蜂マアヤ　ボンゼルス　実吉捷郎訳
インド紀行 全二冊　ボンゼルス　実吉捷郎訳
ドイツ名詩選　生野幸吉・檜山哲彦編
蝶の生活　シュナック　岡田朝雄訳
聖なる酔っぱらいの伝説 他四篇　ヨーゼフ・ロート　池内紀訳
ラデツキー行進曲 全二冊　ヨーゼフ・ロート　平田達治訳
暴力批判論 他十篇 —ベンヤミンの仕事1　ヴァルター・ベンヤミン　野村修編訳
ボードレール 他五篇 —ベンヤミンの仕事2　ヴァルター・ベンヤミン　野村修編訳
人生処方詩集　エーリヒ・ケストナー　小松太郎訳

三十歳　インゲボルク・バッハマン　松永美穂訳

《フランス文学》〔赤〕

ラブレー第一之書 ガルガンチュワ物語　渡辺一夫訳
ラブレー第二之書 パンタグリュエル物語　渡辺一夫訳
ラブレー第三之書 パンタグリュエル物語　渡辺一夫訳
ラブレー第四之書 パンタグリュエル物語　渡辺一夫訳
ラブレー第五之書 パンタグリュエル物語　渡辺一夫訳
トリスタン・イズー物語　ベディエ編　佐藤輝夫訳
ピエール・パトラン先生　渡辺一夫訳
日月両世界旅行記　シラノ・ド・ベルジュラック　赤木昭三訳
ロンサール詩集　ロンサール　井上究一郎訳
エセー 全六冊　モンテーニュ　原二郎訳
ラ・ロシュフコー箴言集　二宮フサ訳
ドン・ジュアン —石像の宴　モリエール　鈴木力衛訳
完訳 ペロー童話集　新倉朗子訳
クレーヴの奥方 他二篇　ラファイエット夫人　生島遼一訳
カラクテール —当世風俗誌 全三冊　ラ・ブリュイエール　関根秀雄訳

偽りの告白　マリヴォー　鈴木力衛訳
贋の侍女・愛の勝利　マリヴォー　佐藤実枝・井村順一訳
カンディード 他五篇　ヴォルテール　植田祐次訳
哲学書簡　ヴォルテール　林達夫訳
孤独な散歩者の夢想　ルソー　今野一雄訳
危険な関係 全二冊　ラクロ　伊吹武彦訳
美味礼讃 全二冊　ブリア-サヴァラン　関根秀雄・戸部松実訳
恋愛論 全二冊　スタンダール　杉本圭子訳
赤と黒 全二冊　スタンダール　桑原武夫・生島遼一訳
パルムの僧院 全二冊　スタンダール　生島遼一訳
ヴァニナ・ヴァニニ 他四篇　スタンダール　生島遼一訳
知られざる傑作 他五篇　バルザック　水野亮訳
サラジーヌ 他三篇　バルザック　芳川泰久訳
艶笑滑稽譚 全三冊　バルザック　石井晴一訳
レ・ミゼラブル 全四冊　ユーゴー　豊島与志雄訳
死刑囚最後の日　ユーゴー　豊島与志雄訳
ライン河幻想紀行　ユーゴー　榊原晃三編訳

ノートル＝ダム・ド・パリ 全二冊　ユーゴー　辻　昶・松下和則訳
エルナニ　ユーゴー　稲垣直樹訳
モンテ・クリスト伯 全七冊　アレクサンドル・デュマ　山内義雄訳
三銃士 全二冊　デュマ　生島遼一訳
カルメン　メリメ　杉　捷夫訳
メリメ怪奇小説選　杉　捷夫編訳
愛の妖精（プチット・ファデット）　ジョルジュ・サンド　宮崎嶺雄訳
ボオドレール 悪の華　鈴木信太郎訳
ボヴァリー夫人 全二冊　フローベール　伊吹武彦訳
感情教育 全二冊　フローベール　生島遼一訳
紋切型辞典　フローベール　小倉孝誠訳
椿姫　デュマ・フィス　吉村正一郎訳
パリ風俗 サフォ　ドーデ　朝倉季雄訳
プチ・ショーズ ―ある少年の物語　ドーデ　原　千代海訳
神々は渇く　アナトール・フランス　大塚幸男訳
ジェルミナール 全三冊　エミール・ゾラ　安士正夫訳
水車小屋攻撃 他七篇　エミール・ゾラ　朝比奈弘治訳

氷島の漁夫　ピエール・ロチ　吉氷　清訳
マラルメ詩集　渡辺守章訳
脂肪のかたまり　モーパッサン　高山鉄男訳
ベラミ 全二冊　モーパッサン　杉　捷夫訳
モーパッサン短篇選　高山鉄男編訳
地獄の季節　ランボオ　小林秀雄訳
にんじん　ルナアル　岸田国士訳
ぶどう畑のぶどう作り　ルナアル　岸田国士訳
博物誌　ルナール　辻　昶訳
ジャン・クリストフ 全四冊　ロマン・ローラン　豊島与志雄訳
ベートーヴェンの生涯　ロマン・ロラン　片山敏彦訳
ミケランジェロの生涯　ロマン・ロラン　高田博厚訳
フランシス・ジャム詩集　手塚伸一訳
三人の乙女たち　フランシス・ジャム　手塚伸一訳
背徳者　アンドレ・ジイド　川口　篤訳
贋金つくり 全二冊　アンドレ・ジイド　川口　篤訳
続コンゴ紀行 ―チャド湖より還る　アンドレ・ジイド　杉　捷夫訳

レオナルド・ダ・ヴィンチの方法　ポール・ヴァレリー　山田九朗訳
ムッシュー・テスト　ポール・ヴァレリー　清水　徹訳
精神の危機 他十五篇　ポール・ヴァレリー　恒川邦夫訳
若き日の手紙　フィリップ　外山楢夫訳
朝のコント　フィリップ　淀野隆三訳
海の沈黙・星への歩み　ヴェルコール　河野與一・加藤周一訳
恐るべき子供たち　コクトー　鈴木力衛訳
地底旅行　ジュール・ヴェルヌ　朝比奈弘治訳
八十日間世界一周　ジュール・ヴェルヌ　鈴木啓二訳
海底二万里 全二冊　ジュール・ヴェルヌ　朝比奈美知子訳
プロヴァンスの少女（ミレイユ）　ミストラル　杉冨士雄訳
結婚十五の歓び　新倉俊一訳
モーパン嬢 全二冊　テオフィル・ゴーチエ　井村実名子訳
死都ブリュージュ　ローデンバック　窪田般彌訳
シェリ　コレット　工藤庸子訳
生きている過去　レニエ　窪田般彌訳
シュルレアリスム宣言・溶ける魚　アンドレ・ブルトン　巌谷國士訳

ナジャ　アンドレ・ブルトン　巖谷國士訳
不遇なる一天才の手記　ヴォーヴナルグ　関根秀雄訳
ヂェルミニィ・ラセルトゥウ　ゴンクウル兄弟　大西克和訳
ゴンクールの日記　全二冊　斎藤一郎編訳
D・G・ロセッティ作品集　南條竹則　松村伸一　編訳
フランス名詩選　安藤元雄　入沢康夫　渋沢孝輔　編
繻子の靴　全二冊　ポール・クローデル　渡辺守章訳
A・O・バルナブース全集　全二冊　ヴァレリー・ラルボー　岩崎力訳
自由への道　全六冊　サルトル　海老坂武　澤田直訳
物質的恍惚　ル・クレジオ　豊崎光一訳
悪魔祓い　ル・クレジオ　高山鉄男訳
女中たち　バルコン　ジャン・ジュネ　渡辺守章訳
楽しみと日々　プルースト　岩崎力訳
失われた時を求めて　全十四冊(既刊十冊)　プルースト　吉川一義訳
丘　ジャン・ジオノ　山本省訳
子ども　全二冊　ジュール・ヴァレス　朝比奈弘治訳
シルトの岸辺　ジュリアン・グラック　安藤元雄訳

冗談　ミラン・クンデラ　西永良成訳

岩波文庫の最新刊

与謝野晶子
私の生い立ち
学校、家族、遊び友だちのことなど、堺での幼少期の生活とその心情を素直に綴る。「私の見た少女」を併収。竹久夢二による挿画四一点を収録。(解説＝今野寿美)
〔緑三八-三〕 本体六四〇円

塚原渋柿園／菊池眞一編
幕末の江戸風俗
江戸の面影を伝える多くの随想、講演を残した塚原渋柿園(一八四八-一九一七)の随筆を精選する。幕末の武士、庶民の暮し、時代の変動が生き生きと描かれる。
〔緑二一三-一〕 本体九五〇円

川本皓嗣編
対訳 フロスト詩集
―アメリカ詩人選(4)―

二十世紀アメリカの「国民詩人」ロバート・フロスト。ニューイングランドの豊かな自然を舞台に、人生の複雑さを陰影をこめて語る三十六篇を、原文とともに味わう。

〔赤三四三-一〕 本体七八〇円

アンナ・ゼーガース／山下肇、新村浩訳
第七の十字架(下)
強制収容所から脱走したゲオルク。狂気と暴力、怯えと密告がはびこる社会で、いったい誰が信頼できるのか？ ドイツ抵抗文学の代表的作品。(全二冊)(解説＝保坂一夫)
〔赤四七三-二〕 本体一〇七〇円

……今月の重版再開……

鹿野政直・香内信子編
与謝野晶子評論集
〔緑三八-二〕 本体八一〇円

尾佐竹猛／三谷太一郎校注
大津事件
―ロシア皇太子大津遭難―
〔青一八二-一〕 本体九七〇円

上島建吉編
対訳 コウルリッジ詩集
―イギリス詩人選(7)―
〔赤二二一-三〕 本体九〇〇円

パヴェーゼ／河島英昭訳
美しい夏
〔赤七一四-二〕 本体六〇〇円

岩波文庫の最新刊

篠田仙果作／松本常彦校注
鹿児島戦争記
——実録　西南戦争——

西南戦争の発端から西郷の死までの八カ月間を、日々の新聞報道を元にまとめ直した絵入り読み物。西郷らと官軍との対峙を、小林清親の絵とともに生きいきと伝える。〔緑二一六-一〕　本体四八〇円

佐藤秀明編
三島由紀夫紀行文集

三島由紀夫は、南北アメリカ、ヨーロッパ、アジア各国を旅行し、多くの紀行文を残した。『アポロの杯』を始めとする海外・国内の端整精緻なる紀行文を精選する。〔緑二一九-一〕　本体八五〇円

カルヴィーノ作／和田忠彦訳
魔法の庭・空を見上げる部族 他十四篇

速さ、透明性、具体性、簡潔性、軽さ——カルヴィーノ文学の特質すべてがここにある！　一九四六～五八年に書かれた、寓話的な初期短篇集。〔赤七〇九-七〕　本体七二〇円

柳井滋・室伏信助・大朝雄二・鈴木日出男・藤井貞和・今西祐一郎校注
源氏物語 (四)
玉鬘—真木柱

いかなる筋を尋ね来つらむ——数奇な運命に翻弄される夕顔の遺児玉鬘、だが彼女はそれ以上に男達の心を揺さぶる存在でもあった…。原文で読む源氏物語。（全九冊）〔黄一五-一三〕　本体一三八〇円

今月の重版再開

小川環樹、都留春雄、入谷仙介 選訳
王維詩集
本体七八〇円〔赤三-一〕

水尾比呂志編
柳宗悦 民藝紀行
本体九〇〇円〔青一六九-五〕

メルヴィル作／坂下 昇訳
ビリー・バッド
本体六六〇円〔赤三〇八-四〕

青木枝朗訳
ヒュースケン 日本日記
——一八五五—一八六一——
本体九〇〇円〔青四四九-一〕

定価は表示価格に消費税が加算されます　2018.9